近代「国文学」の肖像　第4巻

窪田空穂　「評釈」の可能性

近代「国文学」の肖像
第4巻

窪田空穂
「評釈」の可能性

田渕句美子 著

岩波書店

目次

略伝

一　はじめに――「註釈は最初のものであつて、同時に最後のものである」

窪田《くぼた》空穂《うつぼ》は、近代を代表する歌人の一人として著名である。近年でも、短歌誌で空穂生誕一四〇年・没後五十年の特集が組まれている[1]。また空穂の第一詩歌集『まひる野』の注釈が、「和歌文学大系」の一冊として刊行されている[2]。

同時に空穂は、研究者として、国文学研究において、特に和歌文学研究において、実に大きな功績を残した。現在の研究書・論文においても、空穂の研究、特にその和歌の評釈を中心とした研究業績の内容は、しばしば引用されている。それは単に歌人の感性による鑑賞というレベルのものではなく、文化史的な目配りの上に、作品・作家の本質的な把握をしようとしたもので、今なお輝きを失わない。

空穂は、「註釈は最初のものであつて、同時に最後のものである」と、昭和七年（一九三二）刊『新古今和歌集評釈』上巻の「序」で述べている。これは古典文学研究における注釈の重要性を端的に示す言葉であり、現在も私たち研究者が、注釈について述べる時によく使う言である。空穂ほど、この言葉を身をもって実行した人はいないだろう。

図1　窪田空穂肖像写真

本書では、こうした空穂の足跡を辿りながら、近代国文学研究における空穂の位置と達成を考える。和歌文学研究だけではなく、散文の古典文学研究についても多く取り上げていきたいと思う。空穂は古典文学に対して、当初は和歌ではなくむしろ散文作品から興味を抱いて、古典文学の評釈・研究に入っていった。

私は現在早稲田大学の教員であるが、出身大学も年代も異なっているので、窪田空穂の謦咳に接したことはない。早稲田出身者には、藤平春男、松野陽一という中世和歌の研究者がおられ、両氏とも鬼籍に入られてしまったが、藤平春男は空穂の晩年に直接教えを受け、その後空穂の弟子岩津《いわつ》資雄《もとお》に師事し、松野陽一も岩津資雄の弟子であった。私はその両氏から学恩を受け、また早稲田大学の同僚や出身者などから空穂に関わる話を少し聞いたことがあるというような、ごく間接的な繋がりしかない。このような私が、どれだけ窪田空穂に迫っていけるのか全くわからないが、むしろ少し離れた立場から、残されている文献資料・文字資料だけをもとにして――もちろんそれも空穂の真の姿をそのまま語るものではないかもしれないが――、はじめに空穂の生涯の事蹟を粗々辿った上で、近代国文学研究における業績と達成について、空穂の著を引用しながら、できるだけ具体的に考えていきたいと思う。

二　その生涯

窪田空穂（本名：窪田通治《つうじ》）の著述・資料は、長命であったこともあり、厖大に存在しており、その多くは『窪田空穂全集』[3]（以下、『全集』と称する）に収められているが、未収のものも少なくない。

その生涯を語る主なものとしては、まず、空穂自身がその半生と文学を語った「わが文学体験」（一九六五年、『全集』第六巻、のち岩波文庫）、および『日本経済新聞』に連載した「私の履歴書」（一九六六年、『全集』別冊）がある。ほかにも多くの随筆等で自身について語っており（『全集』第五・六巻、ほか）、そこから二十九編を選んだ大岡信編『窪田空穂随筆集』（岩波文庫、一九九八年）がある。また刊行した歌集ごとに回想して記した「歌集について思い出す事ども」（『全集』第一〜三巻）がある。年譜はいくつか作られているが、最も詳しいものが『全集』の別冊にある。これらが空穂の伝に関してよるべき基本的な資料となるであろう。一方、子息である窪田章一郎をはじめ、多くの知友・弟子・門人たちが空穂について著した研究書・著作・エッセイ等が多数刊行されており、空穂の人間像についてもさまざま語っている。これらについては随時紹介・引用していきたい。

以上のように、空穂の略伝については多くの書籍がすでにあるため、ここでは主として空穂自身の著や言葉によりつつ、簡単に述べる。なお、年齢の表記については、空穂自身が「わが文学体験」では数え歳で記しており、「窪田空穂年譜」（『全集』別冊）も数え歳で掲げているので、それに従った。また以下、原則として漢字は通行の新字体で記した。

図2　窪田空穂の生家

空穂は明治十年（一八七七）に長野県東筑摩郡和田村（現松本市和田）の自作農（中産）の家に生まれた。父は庄次郎（寛則）四十二歳、母ちかは四十歳。兄は二十一歳になっておりこの年結婚。母は次男で末子の空穂を「酷愛したのである」（「わが文学体験」）。松本高等小学校（現開智小学校）を卒業後、松本尋常中学校（現松本深志高等学校）に入学した。文学書に親しみ、東京に憧れ、明治二十八年（一八九五）三月、十九歳で中学校五年卒業後、八月に家族に無断で上京し、東京専門学校（現早稲田大学）の補欠試験を受けて文学科に入学した。しかし周囲を見て自分の能力について自信を喪失し、翌年夏に退学した。その後は一時実業界に進むことを志し、大阪堂島の米穀仲買業（投機商）の店で働くが、翌三十年に郷里に帰り、母と父の死去の後、明治三十二年に小学校の代用教員となった。

明治三十三年（一九〇〇）、二十四歳の時、兄の勧めがあり九月に上京して東京専門学校文学科に再入学した。在学中は特に坪内逍遙《つぼうちしょうよう》の授業から感銘を受けたという。この頃作歌にいそしみ、与謝野鉄幹《よさのてっかん》・晶子《あきこ》の新詩社に加わるが、約一年後に離れた。明治三十七年（一九〇四）七月に東京専門学校（翌年早稲田大学と改称）を卒業、電報新聞社の社会部記者となった。そして翌三十八年には、第一詩歌集『まひる野』を刊行した。この頃、植村正久《うえむらまさひさ》の教会に通い、植村から大きな影響を受けたと、何度も自身で語っている。

以後、独歩社、東京社、女子美術学校教員など、転職を重ねて生活を支えながら作歌を続け、短歌・詩を次々に発表、同人雑誌・機関誌を編み、短歌欄選者にもなる。一方で、十六年間に一〇〇編以上の短編小説を著し、それは明治四十一年（一九〇八）頃がピークであったが、明治末頃には小説の執筆はほぼなくなり、再び短歌へ関心が戻り、作歌活動は生涯続いた。ほかに随筆、紀行文などの著作も多い。その傍ら、古典文学についても、明治四十一年頃から『万葉集』『金槐和歌集』や香川景樹《かがわかげき》、『伊勢物語』『源氏物語』などについての文章や評釈を発表し始めている。

この頃の古典の著書としては、大正元年（一九一二）に『註解古今名歌新選』『評釈伊勢物語』、同四年に『万葉集選』『続万葉集選』『奈良朝及平安朝文学講話』、同五年に『枕草紙評釈』（全釈ではなく前半のみ）、同六年に『西行景樹　守部』『万葉集選』（前二著の合本）などを刊行した。

大正九年（一九二〇）に大きな転機が訪れた。前年に新大学令にもとづき早稲田大学文学部に国文学科が創設され、その専任講師として招かれて、大学の教壇に立つことになったのである。時に四十四歳。これは、坪内逍遙が空穂の『奈良朝及平安朝文学講話』（『万葉集』論と清少納言論）を読み、評価したことによるという。

以後さらに古典の評釈に打ち込み、『新古今和歌集評釈』『古今和歌集評釈』『万葉集評釈』を次々に刊行し、前人未踏の三大歌集の全評釈をなし遂げ、しかもそれを長年にわたり改訂し続けた。これだけではなく、『伊勢物語』『枕草子』『源氏物語』、中世和歌・歌論、近世和歌など、幅広く古典文学の研究・評釈・現代語訳などを行い、多大な業績を残した。これらについては、第三章、第四章で述べることとする。

第一章、第二章では、以上のような空穂の創作と軌跡をめぐって、網羅的ではなく、いくつかの視点から、やや詳しく取り上げていく。

簡単な略年譜を次に掲げる。詳しい年譜は『全集』別冊所収「窪田空穂年譜」をご覧いただきたい。

三　略年譜

明治一〇年(一八七七)　六月八日、長野県東筑摩郡和田村(現松本市和田)に生まれる。本名は窪田通治《つうじ》。父庄次郎(寛則)、母ちか。次男で末子。

明治二三年(一八九〇)　松本尋常中学校(現松本深志高等学校)入学。文学に親しむ。

明治二八年(一八九五)　八月、家人に無断で上京。九月、東京専門学校(現早稲田大学)文学科の補欠試験を受けて入学。

明治二九年(一八九六)　夏、学力不足を感じて退学。

明治三〇年(一八九七)　六月頃、帰郷。八月、母没す。

明治三一年(一八九八)　冬、父の意向に従い、村上家の一人娘と結婚、聟養子となる。

明治三二年(一八九九)　九月、父没す。村上家と離縁。秋、小学校の代用教員となる。太田《おおた》水穂《みずほ》と知り合い、作歌をするようになる。

明治三三年(一九〇〇)　与謝野鉄幹選の『文庫』に投稿。九月、上京して東京専門学校文学科に再入学。鉄幹に会い新詩社に入る（約一年間）。

明治三七年（一九〇四）　東京専門学校卒業。七月、電報新聞社の社会部記者となる。その後出版社・新聞社等、次々に転職。植村正久の柳町教会に通うようになり洗礼を受ける。

明治三八年（一九〇五）　第一詩歌集『まひる野』（鹿鳴社）刊。

明治三九年（一九〇六）　第二歌集『明暗』（水野葉舟《みずのようしゅう》と共著。金曜社）刊。

明治四〇年（一九〇七）　亀井藤野と結婚。

明治四一年（一九〇八）　『新派短歌評釈　附作法』（玄黄社）刊。この頃、小説の執筆を盛んに行う。長男章一郎生まれる。

明治四三年（一九一〇）　この頃、国文学の評論増加する。

明治四五・大正元年（一九一二）　第三歌集『空穂歌集』（中興館書店）刊。『註解古今名歌新選』（博文館）刊。『評釈伊勢物語』（中興館書店）刊。

大正三年（一九一四）　一般文芸誌『国民文学』創刊。田山花袋《たやまかたい》、徳田秋声《とくだしゅうせい》ら寄稿。『源氏物語』（梗概本。実業之日本社。後に河野書店）刊。

大正四年（一九一五）　第四歌集『濁れる川』（国民文学社・抒情詩社）刊。『万葉集選』『続万葉集選』（日月社）刊。『奈良朝及平安朝文学講話』（文学普及会）刊。

大正五年（一九一六）　第五歌集『鳥声集』（日東堂）刊。『読売新聞』の身の上相談を担当。『枕草紙評釈』（前半のみ。日東堂）刊。

大正六年（一九一七）　『西行　景樹　守部』（白日社出版部）刊。四月、妻藤野死去。五月、読売新聞社を辞職し、帰郷。『万葉集選』（前二著の合本。越山堂）刊。十月、藤野の妹である亀井操と再婚。上京し、雑司ヶ谷に住む。

大正七年（一九一八）　第六歌集『泉のほとり』（東雲堂書店）刊。次男茂二郎生まれる。第七歌集『土を眺めて』（国民文学社）刊。

大正九年（一九二〇）　『朝日新聞』短歌欄の選者となる。第八歌集『朴の葉』（東雲堂書店）刊。前年に新大学令により早稲田大学文学部に国文学科が創設され、四月、その専任講師となる（四十四歳）。

大正一〇年（一九二一）　第九歌集『青水沫』（日本評論社出版部）刊。『万葉集選釈』（早稲田大学出版部）刊。

大正一四年（一九二五）　『紀貫之歌集』（紅玉堂書店）刊。

大正一五・昭和元年（一九二六）　四月、早稲田大学教授となる（五十歳）。歌誌『槻の木』を創刊。第十歌集『鏡葉』（紅玉堂書店）刊。

昭和二年（一九二七）　『和文和歌集』上巻（日本名著全集刊行会）刊。

昭和三年（一九二八）　『和文和歌集』下巻刊。操と離婚（操は昭和五年に死去）。

昭和四年（一九二九）　第十一歌集『青朽葉』（神谷書院）刊。『江戸時代名歌選釈』（理想社）刊。

昭和五年（一九三〇）　中島鮭子と再婚。

昭和七年（一九三二）　『新古今和歌集評釈』上巻（東京堂）刊（上下とも、全釈ではなく約半数の歌の選釈）。

昭和八年（一九三三）　『新古今和歌集評釈』下巻刊。

昭和九年（一九三四）　第十二歌集『さざれ水』（改造社）刊。

昭和一〇年（一九三五）　『柿本人麿』（非凡閣）刊。『古今和歌集評釈』上巻（東京堂）刊。

昭和一一年（一九三六）　『現代語訳源氏物語』（上巻のみ。非凡閣）刊。

昭和一二年（一九三七）　第十三歌集『郷愁』（書物展望社）刊。『古今和歌集評釈』下巻刊。

昭和一三年（一九三八）　『西行法師』（厚生閣）刊。

昭和一四年（一九三九）　『江戸時代名歌評釈』（非凡閣）刊。『現代語訳源氏物語』一・二（改造文庫）刊（以後も毎年継続して刊行し、昭和十八年に八「柏木」までで中絶）。

昭和一六年（一九四一）　第十四歌集『冬日ざし』（砂子屋書房）刊。日本芸術院会員となる（六十五歳）。

昭和一七年（一九四二）　『近世和歌研究』（砂子屋書房）刊。短歌読本『柿本人麿』（新声閣）刊。

昭和一八年（一九四三）　『万葉集評釈』第一巻（東京堂）刊（以後も継続して刊行し、昭和二十七年に第十二巻をもって完結）。『中世和歌研究』（砂子屋書房）刊。『愛国百人一首』（開発社）刊。学徒動員始まる。

昭和一九年（一九四四）　大学は休講状態となり、『万葉集評釈』に没頭。

昭和二〇年（一九四五）　第十五歌集『明闇《あけぐれ》』（青磁社）刊。疎開先の軽井沢で敗戦をむかえる。

昭和二一年（一九四六）　第十六歌集『茜雲』（西郊書房）刊。『平安朝文芸の精神』（西郊書房）刊。

昭和二二年（一九四七）　『現代語訳源氏物語』第一巻（改造社）刊（完訳本。以後も毎年継続して刊行し、昭和二十四年に第八巻をもって完結）。次男茂二郎がシベリアで戦病死との報を受ける。百花文庫『和泉式部』（創元社）刊。

昭和二三年（一九四八） 早稲田大学を定年退職、名誉教授となる。

昭和二六年（一九五一） 第十七歌集『冬木原』（長谷川書房）刊（茂二郎を悼んで詠んだ長歌「捕虜の死」を含む）。

昭和二七年（一九五二） 『窪田空穂著作集』（PL出版社）刊行開始（昭和三十二年に第十三巻をもって完結）。

昭和三〇年（一九五五） 『古典文学論』（創元社）刊。

昭和三一年（一九五六） 第十八歌集『卓上の灯』（長谷川書房）刊。『伊勢物語評釈』（東京堂）刊。

昭和三二年（一九五七） 『源氏物語』（口語訳梗概。春秋社。昭和三十七年に普及新版）刊。『万葉秀歌』上下（春秋社）刊。

昭和三三年（一九五八） 第十九歌集『丘陵地』（春秋社）刊。『平安秀歌 前期』（春秋社）刊。

昭和三五年（一九六〇） 『窪田空穂文学選集』（春秋社）刊行開始（昭和三十五年に第八巻をもって完結）。日本古典全書『和泉式部集 小野小町集』（朝日新聞社）刊。『万葉秀歌 長歌』（春秋社）刊。文化功労者となる（八十二歳）。

昭和三八年（一九六三） 『古今和歌集評釈』上中下巻（新訂版。東京堂）刊。第二十歌集『老槻の下』（春秋社）刊。

昭和三九年（一九六四） 早稲田大学から名誉博士号を贈られる。

昭和四〇年（一九六五） 『完本新古今和歌集評釈』上中巻（東京堂）刊。『芭蕉の俳句』（春秋社）刊。第二十一歌集『木草と共に』（春秋社）刊。

『完本新古今和歌集評釈』下巻刊。『窪田空穂全集』（角川書店）刊行開始。「私の履歴書」執筆。

昭和四二年（一九六七）　第二十二歌集『去年の雪』（春秋社）刊。四月十二日、心臓衰弱のため死去（九十一歳）。早稲田大学大隈講堂で葬儀、告別式。

昭和四三年（一九六八）　第二十三歌集『清明の節』（春秋社）刊。『窪田空穂全集』が別冊「窪田空穂資料」をもって完結。

平成五年（一九九三）　松本市和田の生家前に窪田空穂記念館が開館。

（1）「大特集　いまこそ空穂」（『短歌』第六十四巻第六号、角川文化振興財団、二〇一七年五月）。

（2）「和歌文学大系79」の『まひる野／雲鳥／太虚集』（明治書院、二〇一七年）。『まひる野』は太田登校注・解説。

（3）『窪田空穂全集』全二十八巻・別冊（角川書店、一九六五～六八年）。

第一章　さまざまな創作——短歌、小説、随筆

「窪田空穂」という雅号

最初に「空穂」という雅号について触れておこう。これについては、空穂自身が「雅号の由来」（『全集』別冊）で述べている。郷里にいた二十一歳の頃、『文庫』という青年の投書雑誌に投稿する時に、ふと思い浮かんだ「空穂」という雅号を用いたのが最初であるが、当時は文学に親しみを持つ者は皆雅号を持っていたという。これを「うつぼ」と読むことは、空穂の最初の詩歌集『まひる野』（一九〇五年）の表紙に「窪田うつぼ著」としていることから知られる。

図３　『まひる野』

空穂は早稲田大学では、本名の「窪田通治」教授であった。「窪田通治」と「窪田空穂」とは、意識的な使い分けがなされているのだろうか。たとえば折口信夫《おりくちしのぶ》は、基本的に、学問的な著述には「折口信夫」を、詩歌などの創作には「釈迢空《しゃくちょうくう》」を用いた。けれども空穂の場合は、『まひる野』で、表紙には「窪田うつぼ著」としているが、扉と内題には「窪田通治」としているから、当初から厳密に区別して用いる意識は特になか

ったのではないか。その後の歌集や歌誌でも「窪田通治」を用いている場合がある。また早稲田大学出版部から刊行された、『万葉集講義』(尾上八郎『短歌講義』と合綴)『万葉集選釈』『早稲田大学文学講義』などは、大学での名を用いて「窪田通治」としているが、一般の出版社から刊行された評釈・研究の類は「窪田空穂」であり、名前の付け方で研究と創作を峻別しているわけではないようだ。

歌人としての生涯

空穂は、和田村で小学校の代用教員をしていた時、一歳上の太田水穂から刺激を受けて、作歌をするようになった。第一詩歌集『まひる野』を出したのは明治三十八年(一九〇五)であり、昭和四十二年(一九六七)に逝去する直前まで作歌を貫いた。歌集は二十三冊。歌集に収載されたものだけで、短歌が一万三〇〇〇首余、長歌が一四一首に及ぶ。七十代、八十代になってもその作歌は衰えをみせていない。

空穂は、明治末から大正期には小説に関心が移り、明治四十五年(一九一二)の『空穂歌集』刊行について、「今後作歌はやめようと思い、記念としようとしての刊行であった」(「わが文学体験」『全集』第六巻)と述べている。しかしやがて小説の執筆はしなくなり、短歌に戻っている。早稲田大学の教壇に立つようになってからも、作歌活動は飽くことなく続けており、早稲田大学でも多くの歌人を育てた。晩年は円熟して独自の透徹した歌境に至ったということを、多くの人が述べている。

雑誌創刊においては、明治三十五年(一九〇二)、東京専門学校在学中に友人たちと同人雑誌『山比古』を創刊、空穂は短歌や短編小説「下男」などを次々に発表したが、同三十七年に廃刊した。大正三年(一九一四)に一般文芸誌『国民文学』を創刊したが、同六年には松村英一《まつむらえいいち》に譲った。『国民文学』から分かれたものに『沃野』がある。早稲田大学では、早大学生を中心とする槻の木会から、昭和元年（一九二六）に歌誌『槻の木』が創刊され、そこで数多くの門人を育てた。このほかにも空穂ゆかりの歌誌は多くある。

本書においては、空穂の歌人活動や短歌などについては、少しを取り上げるに留めているので、空穂の歌について論じている数々の本や論、たとえば窪田章一郎、大岡信、武川忠一、岩田正、西村真一、来嶋靖生、その他、諸氏の編著を参照していただきたい（1）。

空穂は文壇での交友範囲を自分でさらに広くしようとは特にしていないようで、文壇で一躍有名になろうというような強い名誉欲はなかったのではないか。与謝野鉄幹・晶子とは当初から関わりがあったが、国木田独歩《くにきだどっぽ》、田山花袋とも交友があり、晩年には土岐善磨《ときぜんまろ》と親しくなった。早稲田では同僚の五十嵐力《いがらしちから》、山口剛《やまぐちたけし》、会津八一《あいづやいち》と親しく交友したという。晩年には空穂を敬愛する人は多かった。しかし、空穂自身が歌友は多くないと言っており、さほど文壇・歌壇からの影響は受けず、何よりも自分の方法や感性、姿勢を大切にしていくことを重んじたとみられる。

では次に、鉄幹について述べておこう。

与謝野鉄幹との関係

当初、太田水穂は空穂の歌をあまり高く評価しなかったらしい。そこで空穂は明治三十三年（一九〇〇）の春、新たに与謝野鉄幹が選者となった『文庫』に試みに短歌を投稿したところ、鉄幹はそれを激賞し、全部が掲載された。この時、空穂は「小松原はる子」という女性名で投稿している。空穂自身は「歌稿を清書して、署名をする段になり、本名を書くのはなんとなく気恥ずかしい気がして「小松原はる子」とした。でたらめの名で、他意あってのことではなかった」(「わが文学体験」)と述べている。確かにこれらの歌には作者が女性ともとれるような趣があり、また浪漫的・抒情的な雰囲気が漂う。

これらの歌は、その四月に創刊された鉄幹の『明星』にも転載された。鉄幹はこれ以前に作者がだれかを知り、この時には「窪田通治」としてある。空穂は、この明治三十三年、上京して東京専門学校に再入学したのを機に、鉄幹に慫慂されて新詩社に加わった。しかし翌年秋には新詩社から遠ざかった。その後も交友は続いてはいたものの、明星派としての活動は約一年に留まっている。同三十八年、空穂は五年間に創作した詩歌を編集して、処女詩歌集『まひる野』を刊行した。そこでは『明星』掲載歌の八割を棄てている。

『まひる野』の刊行後、鉄幹はすぐに『明星』に『まひる野』評を載せて、長文で賞讃し、空穂も喜んだ。鉄幹は空穂の歌才を発見した人であり、空穂の恩人の一人でもある。空穂は鉄幹に、生涯を通じて敬意をもっていたと言っている(「歌集について思い出す事ども」『全集』第一巻)。けれども、「わが文学体験」で、鉄幹とのいきさつなどを長く書いている中で、「私には新詩社の人は距離ある存在であった。胸を披《ひら》いて交われるような人はそこからは見出だせなかった」と言う。おそらく、自己陶酔的な歌風の新詩社とは、空穂は基本的に相容れぬものがあったのだろう。

後年になって空穂は鉄幹のことを、

与謝野という人は、歌はうまかったたし、技巧でいえば、すばらしい技巧を持っていた人だった。ただ、恋愛と功名、それを少しくり返しすぎた。少し野心が強すぎた。自分の吹聴をしすぎた。

（空穂談話Ⅲ「与謝野鉄幹・晶子のこと」「窪田空穂全集月報3」第八巻付録、一九六五年五月）

と語っている。何と率直で端的な批評であろうか。

小説・随筆・紀行文

空穂は、明治三十～四十年代に、自然主義文学に影響を受け、一時、関心が歌から離れて、小説に興味が移った。「わが文学体験」（『全集』第六巻）から少し引用しよう。

当時は文壇の主流である小説界は、自然主義の勃興期であった。論議の時期が過ぎて実作期に移っていた。（中略）小説は客観的に扱って、叙事としているのを、短歌は主観的に抒情《じょじょう》とし、また形式の関係からは断片的に扱っていることが異なっているに過ぎない。自身に即しつつ客観視するということは容易《たやす》くなかろうが、これは修練すれば次第にできるようになろう。（中略）私は短編小説を書くたびに前田《まえだ》に示した。『文章世界』に載った。「母」「末っ子」などその中のもので、見こみがなくはないといわれた。

前田とは、空穂の生涯の親友前田晁《あきら》であり、当時『文章世界』（田山花袋が編集主任）の編集助手であった。

空穂は、処女作「下男」（一九〇三年）以降、大正八年（一九一九）まで、十六年間に一〇〇編以上の短編小説を書いている。多くは生まれ故郷のような農村の生活、そしてそこでの人間関係を題材としており、暗い色彩のものが多いが、冷静な筆致の淡々とした文章で、心理描写に優れ、暗いながらも澄んだ感じを受ける。明治三十年代後半〜四十年代は多作で、四十二年頃を頂点とし、四十四年には書いた小説を集めて自費出版で『炉辺』(村瀬書院)を刊行した。が、明治末頃には小説の本格的な活動は終わり、再び短歌へ関心が戻っていく。このほか、随筆、紀行文などの著作も多くあり、それはずっと書き続けられていて、深い味わいと静かな風韻がある。空穂の文章は概して平明で短く飾り気がないが、深く凝縮されていて、おそらく短歌での修練が反映されている面もあるのであろう。

また、小説家としての経験や鍛錬は、古典の物語、日記などへの関心を惹起したのではないだろうか。その端緒として、明治四十三年(一九一〇)に『伊勢物語』『源氏物語』『十六夜日記』についての文章が『文章世界』十一月号に書かれた。同四十五年には『評釈伊勢物語』が刊行されている(一一〇頁参照)。

最初の妻の影

ところで、空穂の小説の中には、故郷にいた頃の自分に関する自伝的な色彩のものがいくつかある。「養子」(『全集』第五巻)、「無言」(『炉辺』所収、『全集』第四巻)などである。大岡信『窪田空穂論』がこれらに注目して、推定を加えている。この頃、空穂が「過去の行動の自責に囚えられ、それが前途を遮る壁でもあるかのような情を抱いていた」(「私の履歴書」)と述べているのは、空穂がごく若い頃、結婚してまもなく捨てた最初の妻とのことをさしている、という推定である。これは確かにその通りであると思われる。

『全集』別冊の「窪田空穂年譜」や、窪田空穂記念館編『窪田空穂——人と文学』所収の「窪田空穂略年譜」など、すべての年譜には、明治三十一年（一八九八）、二十二歳の時に「村上家と養子縁組」と書いてあるが、より詳しくは、村上家の一人娘であるキヨと結婚して聟養子となったのである。

空穂自身は、昭和四十年（一九六五）、最晩年の八十九歳になってから、「私の履歴書」でその経緯について書いた。また同三十四年に書かれた「わが家の出自を語る」（『全集』第十二巻）でも少しだけ触れている。それによれば、明治三十一年、「その年の冬、足入れ（仮り結婚）、翌年の春、村への披露があつて、私は正式に村上家の者となつた」とあり、正式に結婚披露をしたことがわかる。半年ほど聟として村上家に住んだが、その家の家風に、そしておそらくは聟という立場に堪えきれず、離縁に至ったのだろう。これらの文章で「妻」と呼んでいることからも、これが最初の結婚であったことは明らかである。この妻の影は、空穂の初期の歌にもかなりあらわれている。明治三十三年、『明星』に掲載された歌には、明星的な浪漫的表現は取りつつも、実に重苦しいものがある（『全集』第三巻）。

いたましき思出のみをさづけてはえにしの神の隠れ給ふか　（『明星』七号）
かがなへば既に五つとせ新しきなげき抱きて君も世に生《い》く　（同）
とがあらば我れ責めたまへ國つ神なみだあらせじと思ふ子なるに　（『明星』八号）

これらの歌や、『まひる野』の「あこがれ」の最後に置かれた十数首は、虚構を加えながらも、この妻との別離をテーマとした歌群であること、『まひる野』の「おもかげ」などの詩にもこの妻の影があることを、武川忠一『窪田空穂研究』（注（1）参照）が読み解いていて、大変興味深く、参照していただきたい。

その後の邂逅

この女性(村上キヨ)のその後については、空穂も子息章一郎も何も述べていないので、その後どのような生涯を送ったのだろう、と思っていたのだが、それについて述べている文章をたまたま見出したので、ここに記しておきたい。

それは『信濃教育』第一一二八号(「特集窪田空穂」一九八〇年十一月)所載の、村上与八郎による「吾が家の歌碑」である。これは昭和三十七年(一九六二)に与八郎の父村上修が空穂の歌碑を庭に建立した際の話であり、その仲介をしたのが隣家出身の村上俊順(昭和五十五年に他界)であったという。その文章の一部を引用する。

ではここで空穂先生と村上俊順氏との関係を差しつかえのない範囲内で亡父より聞いて居ります事を概略書いてみることにします。

私宅の西隣に二十数本の欅の大木を垣根代わりにして居りました同姓の地主階級の家の一人娘の養子に参られたのが、当時二十才位であった窪田通治さんなる青年であったのであります。どの様な経緯で養子に参られたのかは知りません。父も知らぬ様でした。養子を迎えた娘がその頃、片丘村は無論のこと近在の村々にも二人とは居ないではないかとまで世間に名の知れた大変な美貌の娘であったとのことです。資産は村内で指折り、その上天女のようなあの娘にはどの様な養子が来るのやらと村内のうわさ話の種にもなり、且羨望の目を以て期待していたところ、和田村の名門の出身であり又この地方では珍しい松本中学校を卒業されている等々、加えて仲々の美青年であったとの事で、本当に似合いの若夫婦であったとの事でした。しかしこの結婚生活もわずか一年足らずで離婚という破局を迎えねばならなくなりました。その真の原因が何であったのか父もよくは知らない様でした。（中略）

隣家では空穂先生が去られた後、再度養子を迎えられ二男一女が生まれ、その長男が俊順氏で松本中学校より早稲田大学予科、本科と進み、国文科に籍をおいて勉学する事となりました時に、国文学の教授として教えて下さったのが空穂先生であったとの事でした。

先生の方から俊順氏に「君の母の許に養子に行った事もあったが」などと話しかけられ、以来実の親子の如き感情で師弟の交りを結び、交際して参り、俊順氏も万葉集の校正その他の仕事には寝食を忘れて尽力された様でした。

空穂先生の長男であります章一郎先生も俊順氏とほぼ同年輩で共に早大の国文科に学ばれ、兄弟の如く永年に及んで交際を続けられたとの事です。（中略）

空穂先生のご他界の後、程なくして父も世を去りました。其の後数年ほどしたある年の秋、章一郎先生が早大の教え子でありました当地の牛伏寺の若住職の案内で訪ねてくれました。

この村上俊順は、窪田章一郎『西行の研究』（東京堂出版、一九六一年）の「あとがき」に、校正等の協力者の一人として、藤平春男らとともに名前が見えている。若い頃の空穂を自責の念で苦しめた結婚破綻という出来事の後、その女性が再婚し、はからずもその女性の長男である村上俊順に早稲田大学で邂逅し、師弟関係を結ぶという関わりをもったわけである。このことは、空穂にあるやすらぎをもたらしたのではないだろうか。

藤野への哀傷の歌、哀傷の記

さて、明治四十年(一九〇七)、空穂は元教え子の亀井藤野と結婚、十年間の幸せな結婚生活を送った。しかし藤野は、大正六年(一九一七)四月に二児(章一郎とふみ)を残して三十歳の若さで死去した。同七年十二月に刊行された空穂の歌集『土を眺めて』(『全集』第一巻)は、多くの長歌と短歌から成る、藤野への哀切な追悼歌集である。空穂は、藤野が没した半年後の同六年十月に、亀井家の希望で藤野の妹である操と再婚し、翌七年六月には次男茂二郎も誕生しているのだが、空穂から藤野への想いはやむことなく歌に詠まれている。なお操とは十一年後の昭和三年(一九二八)に離婚し、操はその二年後に死去した。

『土を眺めて』の中に、このような歌がある。

其子等に捕へられむと母が魂螢《たま》と成りて夜を來たるらし

この歌には、おそらく和泉式部《いずみしきぶ》の「物思へば沢の螢もわが身よりあくがれいづる魂《たま》かとぞ見る」の影響がある。古典和歌において「螢」と「魂」の組み合わせは一般的ではなく、あまり詠まれないが、この和泉式部の歌は人口に膾炙し、古くから愛されている歌である。空穂自身も和泉式部の歌を好んだ(後述)。和泉式部の歌一一一首を選んで鑑賞を加えた百花文庫『和泉式部』(創元社、一九四七年)――小冊子ながら大岡信は名著として高く評価している――があり、そこで空穂は最後にこの歌を取り上げている。空穂は概して古典和歌からの措辞の摂取についてはかなり禁欲的であり、『古今集』も『新古今集』も知り尽くしていながら、それとわかるような形ではあまり摂取していない。しかしこの歌には、和泉式部の歌の面影があると思われる。

また『土を眺めて』には十五首の長歌があり、これは空穂が初めて本格的に詠んだ長歌である。空穂はこれについて「叙事的抒情で、『万葉』の長歌の古い形に倣ったものである」（「わが文学体験」）と述べている。この後もしばしば長歌を詠んでいるが、近代短歌の中では異色の空穂の長歌を、高く評価する歌人は多い。

さて、空穂は藤野が逝去した直後、大正六年五月に読売新聞社をやめて帰京した（三四頁参照）。その五月から八月にかけて、空穂は生家で藤野の追悼記を書くのに没頭してすごした。藤野の日記、書簡など、また家計簿までも読んで、ひたすら書き続けたという。「止めようと思っても止めさせない、一種の憑《つ》き物のようであった」「純粋に自身のための物であった」（「わが文学体験」）と回想している。空穂は、印刷して形見分けとして親戚知人に配布しようと考えていたが、友人の忠告もあって取りやめ、「私のその文章は筐底《きょうてい》に蔵してある。爾来四十年余、誰も見た者はない」と断言している。それゆえに、空穂の逝去の翌年の昭和四十三年（一九六八）に完結した『全集』にも収められていない。

ところが、平成十六年（二〇〇四）秋、空穂の孫にあたる窪田新一が、未整理の遺品の中から、「窪田藤野」と表に書かれている原稿を発見、これがまさしくその追悼記にあたるものであった。これは、空穂会の協力を得て、翌十七年に角川学芸出版から『亡妻の記』として刊行された。また窪田空穂記念館企画展 記録集『空穂と妻藤野――その愛と哀しみ』（窪田空穂記念館、二〇〇六年）に、多数の関連資料や図版が掲載されている。

なおこれに関連して、私事であるが、思い出されることがある。かつて私が国文学研究資料館に勤務した時、松野陽一教授を館長として仰ぎ、敬愛していた。松野陽一は、本書冒頭に記したように、空穂の孫弟子にあたる。館長退任後に病床にあった栄利子夫人を喪い、自身も闘病の後、平成三十年（二〇一八）十一月に逝去した。その逝去の後に初めて知ったことだが、栄利子夫人の没後、松野は追悼の記を編集者橋本孝の手を借りながら精魂込めて編み、非売品として笠間書院で上梓した。(2) しかし松野も周囲に配布しなかったので、皆この本の存在を知らなかった。ご子息すらも遺品からこれを発見するのに苦労されたが、やっと見つかり、現在は国文学研究資料館で閲覧できる。空穂と全く同じような経緯である。勝手な妄想に過ぎないが、空穂の『亡妻の記』のやり方にならったのではないだろうか。そんな気がしてならない。

空穂の短歌に見る古典世界、古典研究

空穂は、明治四十三年（一九一〇）春、田山花袋の案内により、吉江《よしえ》喬松《たかまつ》（孤雁《こがん》）、前田晁、蒲原《かんばら》有明《ありあけ》とともに、大和、京などを旅した。この時の歌には古典和歌の影響を受けた歌ことばがかなり散らばっている（『空穂歌集』『全集』第一巻）。

あをによし寧楽の都の鐘の音《ね》の澄みて鳴るなり、この春の夜を。（青みゆく空）
春の夜の闇の中《うち》ゆく宇治川の瀬の音にまじり千鳥しば啼く。（同）

この二首に後年つけた自注（「自歌自釈」『全集』別冊）によれば、これらは実感・実景の詠であることを述べているが、ここでは古典世界にも耳を澄ましているかのようである。

十三年後の大正十二年（一九二三）八月、四十七歳の空穂は大和を再訪、今度は一人で旅をした。その時の詠が『鏡葉』（『全集』第二巻）に多く収められている。早稲田大学に職を得、さらに『万葉集選釈』を刊行した後である。

その心聞くに親しき人たちの住みける國の大和へ行かむ　（今宵大和へ向ひて旅立たんと思へる日に）
山深く方丈の庵立つ見れば住みにし人のゐるかと思ほゆ　（西行庵にて）
人麿がその眼もて見し巖かと行くにたゆたふ五百《いほ》つ巖に　（宮瀧のあたりにて）

古典研究に没頭している折の感慨も詠んだ。初めの二首は『新古今和歌集評釈』の脱稿の折、後の二首は『古今和歌集評釈』を執筆している折のものである（『全集』第二巻）。

著書の脱稿
酷熱の五十餘日を根《こん》つめて物書きければ勞れ果てにけり　（『さざれ水』）
書きをへし千枚餘りの原稿紙見じよ今はと物に包みぬ　（同）

註釋書
捗《はか》ゆかぬ物書きをれば我が庭に槻のもみぢ葉間なく散りくる　（『郷愁』）
本の文字《もじ》かすみきたるに瞬けば頰《ほ》に感じては涙の流る　（同）

疲れ過ぎ夜《よる》を寐つけずゐる我に闇に浮びて文字《もじ》の見え来る　（同）

最晩年、昭和四十二年（一九六七）刊行の『去年の雪』（『全集』第三巻）に、このような歌がある。

文藝は胸より胸に通ふもの短き聲の身に沁みとほる
文藝の研究は卽《そく》批評ぞと思ふままにぞ我はしにける

空穂は和歌などの古典作品を「文芸」と呼び、「文芸」の批評こそが研究であると、昂然と言っている。これについては、五三・一四三頁でも述べよう。

（1）　窪田章一郎『窪田空穂』（桜楓社、一九六七年）、大岡信『窪田空穂論』（岩波書店、一九八七年）、武川忠一『窪田空穂研究』（雁書館、二〇〇六年）、岩田正『窪田空穂論』（角川学芸出版、二〇〇七年）、窪田空穂記念館編『窪田空穂――人と文学』（柊書房、二〇〇七年）、西村真一『窪田空穂論』（短歌新聞社、二〇〇八年）、来嶋靖生『窪田空穂とその周辺』（柊書房、二〇一五年）、ほか。
（2）　松野栄利子著・松野陽一編『花桃抄　追想の松野栄利子』（笠間書院制作、二〇一〇年）。国文学研究資料館蔵（ヒ5―279）。

第二章　教育者として、編集者として

記者・編集者として

空穂は、大正九年(一九二〇)、四十四歳の時に早稲田大学の教壇に立つことになるが、それは空穂には全く予想していなかった道であった。この点は、この「近代「国文学」の肖像」のシリーズで取り上げている他の学究の人々とは異なっている。国文学者としては異色だが、研究者以外の面について、ここで触れておきたい。それは空穂の国文学研究のありようにも、どこかで繋がっているように思えるからである。自然や人事への鋭敏な感覚だけではなく、社会・時代への深い関心と広い視野、社会批評家としての価値観と観察眼、といったようなものだろうか。空穂の批評家としての資質は、さまざまなことについて本質を見抜くものであり、実に優れていると思う。

空穂は二十八歳から四十一歳まで、新聞社・出版社等で記者・編集者として働き、ある時は本郷の女子美術学校で国語と英語を教え、文筆で収入を得つつ、東京で生活していた。このうち、歌集や小説・随筆を次々に発表し、『朝日新聞』短歌欄の選者となり、歌誌を刊行するなど、空穂の歌人・文筆家としての足跡については、諸氏による多くの論がある。それに対して、新聞や商業誌の記者・編集者としての空穂について言及されることは多くはない。けれども空穂自身は、「わが文学体験」や随筆等で、かなりの筆を割いてこの頃のことを記している。空穂のこうした面について、この章で述べておきたい。以下、空穂の随筆、特に「わが文学体験」(『全集』第六巻)や『窪田空穂随筆集』(岩波文庫)等によって追っていく。

空穂は明治三十七年(一九〇四)春に二十八歳で東京専門学校を卒業、日露戦争の開戦の年という時局のさなか、電報新聞社(やがて『東京日日新聞』、そして『毎日新聞』となる)に入社した。まだ学生であった前年から、『電報新聞』短歌欄の選者となっていたが、その選も含めて、三面記者(社会部記者)として雇用された。しかし一年半後の同三十九年、俸給等の問題で、社会部記者の全員とともに解雇されてしまう。

その後、同郷の親友吉江喬松の紹介で、国木田独歩の独歩社の記者になるが、独歩社は経済的に行き詰まり、明治四十年(一九〇七)に解散となった。そこで黒字雑誌である『婦人画報』と『少年少女智識画報』を独歩社からもらい受け、独歩社にいた鷹見思水・島田義三とともに新しく東京社を立ち上げたが、最初はひどく沈滞した。そこで資金調達のため、天皇・皇族を扱う『皇族画報』という雑誌の発刊を空穂が発案し、『婦人画報』明治四十一年一月号の増刊として同四十年に発刊した。するとこれは爆発的に売れ、東京社は起死回生することとなったが、これを置き土産に空穂は東京社を去った。

『皇族画報』

この『皇族画報』は各宮家に依頼して皇室・皇族の写真を借り、商品化した雑誌であり、当時において画期的なもので、他にそうした刊行物はなかった。皇室の写真・消息を頻繁に載せる今の週刊誌・月刊誌や、テレビ番組で長く続いている「皇室アルバム」などにもつながるものであろう。これは空穂のアイディアであり、発案も編集もしたという。皇室・宮家への尊崇、そして触れることへの禁忌の意識が強かった明治時代において、零細な出版社がその写真を集めて商業誌に掲載するという『皇族画報』の企画は、明治当時において、誰も思いつかない奇想天外なアイディアであったのではないか。

最初の数十頁が写真を集めたものであり、続いて「天皇陛下の御事」以下、皇室・皇族方の説明・消息等の記事約百〜百数十頁がある。空穂いわく「地方の読者の中には、『皇族画報』を披《ひら》く時には、先ず戴《いただ》いてから開く者が少くないという事を聞いて、それも私どもの予測の中にあった事だ」とあり、当時は崇敬の対象ともなったようだ。これは長い間刊行され続け、写真や文章を入れ替えて改訂・改版を重ねた。昭和二年（一九二七）一月に発行された『皇族画報』に、「版を改め稿を新たにして発刊すること既に三十有余回に達しました」と記されている。当時広く流布し、今でも古本屋で時々見かける。

『皇族画報』については、空穂自身が「『皇族画報』出版の顛末――明治時代の営業雑誌記者としての思い出」（一九三四年、『全集』第六巻、『窪田空穂随筆集』所収）に詳しく書いている。

図4 『皇族画報』

ジャーナリストとしての空穂

この頃空穂は、文筆によってある程度生活できるようになっていたが、明治四十年（一九〇七）に結婚し、長男章一郎が翌四十一年に生まれたこともあり、吉江の紹介で、同年大丸呉服店の機関雑誌『婦人倶楽部』を発行している紫明社に入社、その編集をすることになった。空穂がプランを立て、十冊ほど編集した頃、大丸が雑誌刊行から撤退したため紫明社を数名で引き継いだが、空穂は二、三冊編集した後、明治四十三年（一九一〇）に退社した。

空穂は、この仕事について、「読者は中産階級の婦人である。当時は家庭向きの婦人雑誌は少なかった。（中略）編集は一種の創作である。内容は平凡で、読者層も限られているが、それとしての相応なものをと思うと、創作の構想に当たるプランには工夫を要したのである」「紫明社の勤務は、私にとって不快のみの時期であった。しかし商人の世界のどういうものであるかということを、直接に身に感じることができた。東京市民の大部分は商人である。爾来《じらい》、店飾りの美しい商店街に対する私の感覚は、いちじるしく変わってきた」（「わが文学体験」）と述べている。

このような空穂の言葉からは、商業誌での編集経験があまり愉快なものではなかったことが知られる。しかし、文芸誌・歌誌に限らず、商業誌においても空穂が編集者として先見性があり、才能をもっていたことは間違いない。

十年間『読売新聞』の記者であった大岡信が、空穂のジャーナリスティックな問題に対する関心、好奇心の強さに驚いたことを述べており、「空穂先生には、ジャーナリストとしてのセンスがじつにあると思うんですよ。あれは先生がすごく若々しかった一つの原因じゃないかという気がしますね」（追悼座談会Ⅱ「人間空穂とその周辺」「窪田空穂全集月報27」第二十七巻付録、一九六七年十月）と語っている。また空穂は、担当の編集者に、編集のアドヴァイスをしたりすることもあったと、何人かが語っている。

『読売新聞』の身の上相談

空穂は明治四十三年（一九一〇）に紫明社を退社し、翌四十四年、本郷の女子美術学校講師となり、週に二日、国語と英語を教え、大正四年（一九一五）まで約五年勤務した。これは「容易な勤務であった」（「わが文学体験」）という。この頃は、歌人活動と、古典評釈も含めた執筆活動に力を注いでいた。

大正五年（一九一六）秋、当時『読売新聞』の婦人部長であった親友前田晁に頼まれて、『読売新聞』が新機軸として力を入れていた婦人欄（「よみうり婦人附録」）の中の「身の上相談」を担当することになった。これは毎日の連載であり、空穂は毎日午後、京橋の読売新聞社に出勤して二時間ほど勤務し、送られてきた身の上相談に目を通して選び、回答を書いた。そして、「その記事は日ましに評判がよくなった」（中村白葉「窪田空穂の大きさ」『短歌』第十四巻第七号）という。

この空穂の「身の上相談」は『全集』に収められず、年譜にはあるものの、あまり知られていなかったものである。臼井和恵がその全容を紹介し、新たに窪田家で発見された空穂の日記ともあわせて、詳しい究明を行った(1)。五〇〇頁余りの労作である。以下、「身の上相談」と書簡の引用はこの書による。

「身の上相談」の相談者には男女どちらもあったが、女性が多かった。内容は、職業、恋愛、結婚、離婚、女性の生き方など、多様であった。その回答は、臼井和恵も指摘するように、相談者の苦しみに寄り添い、共感する心がしばしば述べられ、また弱者である女性への同情や励ましが多くみられる。しかもアドヴァイスの内容は非常に現実的・具体的である。空穂の指摘・意見には、今の時代に読んでも違和感のないものが多くある。

たとえば、大正六年（一九一七）一月十四日の「一家に妻と情婦」では、夫の医師が愛人の看護婦を同居させているという相談について、このように書いている。

一家の内に妻と情婦とを一緒に住まわせておくといふのは、妻の人格を侮辱するも甚しい事で、恕《ゆる》すべき事ではありません。(中略)夫の非行を改めさせる上で、貴方の力だけでは及ばないならば、おのづから周囲に力を借るべき然るべき人も居りませうから、さういふ人の力を借りてもかまひません。貴方が将来同棲を続ける心のあるなしに拘らず、現在夫婦といふ名を持つてゐる為にも記者はさうなさる事を希望します。

空穂は妻の人格への侮辱であると言明し、周囲の然るべき誰かの力を借りるように(夫の医師に社会的地位があることもふまえた言であろう)と、実際的な忠告を行っている。

貞操・性暴力の相談に対して

また、大正六年(一九一七)三月二十七日の「消ゆる時なき嘆き」では、十四歳の時に手伝いに行った家で主人に「清い操を汚され」、その後は人生に消極的になり全く結婚する気になれない十八歳の女性に対して、空穂は冒頭でこのように書いている。

此頃打続いてかうした悲むべき手紙を手にして、世にはかうした事の如何に多いかを知つて、嘆きと怒りとを交交《こもごも》感じてゐます。かうした事の起つた事情を見ると、婦人が自意識が足りない為とか、又は勇気が足りない為とかいふのではなく、総て皆男子が暴力を以て、抵抗力のない婦人を蹂躙してゐる事が分ります。男子の一時の戯れ心が、如何に婦人の生涯を暗いものとし、以下に内部的に変化を起させてゐるかを思ふと、原因の小さきに較べてその結果の余りにも大きいのを見て、驚かずにはゐられません。

実はこの前後には、貞操を汚されたことについて苦悩する女性からの相談が続き、それを読んだ女性が自分のこともまた相談する、というケースがあった。こうした傾向やそれらへの空穂の回答について、『読売新聞』の営業部長石黒景文が、前田晁婦人部長宛に書簡を書いており、それが残っている。その一部を掲げる。

昨日外務大臣の夫人用向き有て面会致《いたし》候《そうろう》処《ところ》近来身の上相談は妙齢の夫人斗《ばか》りでなく自分等でさえ読むに忍びざる記事が掲載されてゐるがあんな身の上相談でハ害があつて益がない故《ゆ》へ廃してハ如何との注意を受け申候（中略）殊に同一性質の賤むべき身の上相談が何遍となく掲載さるゝのは何故かとの質問も受け誠に困却仕《つかまつり》候

このように述べて、「貞操を汚されて」以下、十一例を列挙した。「外務大臣の夫人」とは、読売新聞社主、外務大臣本野一郎の夫人久子で、のちに愛国婦人会会長となった。これについて臼井和恵は、久子は華族女学校を卒業したエリートで、「時の読売新聞婦人欄の読者層をして、女学校出の良妻賢母を標榜する中流以上の貞操堅き女性たちをイメージし、かくあれと望んだ」と推定している。

前田部長からこの手紙を見せられた空穂は強く反発し、「貞操問題に関係ありと申す事、同一傾向の問題なるが悪しとの事にて、其《その》責を記者に帰せしむるやうに候ハば小生には出来ぬ事として、御免を蒙る外はなく候」（大正六年五月十六日）と手紙で述べた。

大正六年五月二十六日、空穂は前田晁らとともに読売新聞社を辞職した。後年、空穂はこのように記している。

新聞社で私の担当していた身の上相談に来る書面は、甚だ偏ったもので、処女にして処女性を失った悩みを訴えて来るものが多かった。私はその一部に答をしたのであるが、それは婦人面の趣旨とは異ったもので、問題をかもして来たらしい。要するに新聞記者としての神経が足りなかったのである。私は辞任を決心した。前田君はそれを頷くと共に、自身も辞任し、部下の三、四人も袂を連ねることになった。

（「歌集について思い出す事ども」『全集』第一巻）

これらの約二〇〇回にも及ぶ「身の上相談」の回答は、空穂の人間観、女性観を語る貴重な資料である。その中で、女性に対して、貞操を絶対視したり、道徳の枠に強く封じ込めるような文言は見られない。空穂が実にリベラルな価値観を持っていたことが、この資料によって浮かび上がる。

平成三十一年（二〇一九）四月に東京から始まったフラワーデモは、花を手に性暴力の根絶を訴えるもので、その後毎月十一日の開催ごとに、全国に広がった。前掲の大正六年（一九一七）の空穂の回答にある、「男子の一時の戯れ心が、如何に婦人の生涯を暗いものとし、以下に内部的に変化を起させてゐるかを思ふと、原因の小さきに較べてその結果の余りにも大きいのを見て、驚かずにはゐられません」は、現在も続く性暴力被害者たちの苦しみに、深く通じていく基底の言葉であると思う。またこれは、時代が一〇〇年以上経っても変わっていない面が大きいことを、端的に語ってもいる。これは空穂の評伝の断片というだけではなく、日本社会史の一断面として注目すべきものではないだろうか。

早稲田大学の教員となる

空穂は大正九年（一九二〇）四月、坪内逍遙の推薦により、前年に創設された早稲田大学文学部国文学科に、専任講師として着任した。この時四十四歳。空穂は「私は教員になろうという意志が全然なかった」（「歌集について思い出す事ども」『全集』第一巻）と回想している。

空穂は東京専門学校（早稲田大学の前身）卒業後は、出版社などで働きつつ、歌人として短歌や著作を多く刊行していたが、その間、古典に関する文章や評釈も著していた（五頁、「略年譜」参照）。『評釈伊勢物語』（一九一二年）、『源氏物語』（一九一四年）、『万葉集選』（一九一五年）、『続万葉集選』（同）、『奈良朝及平安朝文学講話』（同）、『枕草紙評釈』（一九一六年）、『西行　景樹　守部』（一九一七年）、前二著の合本である『万葉集選』（同。なお『万葉集選』は釈・評ではない）などである。

坪内逍遙に空穂を推薦したのは、空穂の生涯の親友であった前田晁であった。坪内逍遙は国文学者には点が辛かったが、『万葉集』と清少納言論から成る『奈良朝及平安朝文学講話』をたまたま読み、特に清少納言論を高く評価した。ちょうど前田晁らの働きかけもあり、空穂を早稲田大学講師として招くこととなった（「私の履歴書」ほか）。

実は空穂は東京専門学校在学中に逍遙の授業を聞いて感銘を受け、中でも、フランス実証主義の思想家であるテーヌの『イギリス文学史』の講義から、最も深い影響を受けたと回想しており、これは国文学の著述の指針となり目標となった、と述べている。空穂が在学中に受けた坪内逍遙の講義は、テーヌ『イギリス文学史』のほか、ミルトンの『失楽園』、ワーズワースの詩集、美辞学などであった(「昔の早稲田」『全集』第五巻、『窪田空穂随筆集』所収)。ただし坪内逍遙は当時の空穂のことを覚えていなかったらしい。

学問の府で教鞭をとるのは、前述のように空穂にとって予想外のことであった。その頃のことを、空穂はこのように回想している。

創設第一年目は、学生はただ一人で、早大高等師範部から転学して来た者であった。文学部国文担任であった教授五十嵐力一人で足りたものである。第二年目は十人足らずの学生となり、辛くも体を備えて来たのであった。私の出講はその年であった。

文学部の中心は英文科で、文学部の学生を網羅していた。仏、独、露も少なかったが、それでも国文科の比ではなかった。

大体、国文科という科が、時代的に魅力がなかったのである。官立の学校は別として、私立の学校で国文科を重んじていたのは国学院だけであって、他の学校では付録的存在にすぎなかったのである。早大で文学部を五科に分け、その中に国文科を置いたのは、文明国である限り、世界のいずれの国でも皆自国の文学を主体としている。当然のことで、それに倣《なら》うべきであるとしてのことであったが、これは理論で、新を慕ってやまない青年の実情には添わなかった。加えて、将来教職に就こうとする者のためには、早大には高等師範部があって、それで足りていた。(中略)

同学の者にも、私と同じ方向に向かって研究しようとする人は、同じく一人もなかった。学統がなかったのである。私がいささかわが国の古典を読んだのは一に親近感よりのことで、研究心よりのことではなかった。しかしその読み方は、在学中、坪内先生が、英文学書の講読をしながら、時あって熱意を籠めて説かれた読書法に従ってのものであった。当時は江戸時代の註釈書しかなかったので、それに較べると先生の読書法は斬新なもので、従来の註釈者の心づかなかったことを心づかせることがあり、新たに古典の興味を増させたのである。するとこの新興味を他にも知らせたいという欲望が起こり、機会があると筆にした。しかしそれは感想程度のもので、研究とはいい得ないものだったのである。

大学としては当然、吉江などヨーロッパ留学をして来た人の説くように、文献学と文芸学とを対立させ、その線に添っての研究をするべきである。しかし学生の実状を見ると、そうした研究以前の、基礎的な、古典の講読も必要である。それをするにしてからが、私は極力勉強し直さなければならない。老学徒の心をもって、学生と一緒に勉強しよう、そして繋《つな》ぎの役を果たそう、旧海道筋の合《あい》の宿《しゅく》になろう、と決心したのであった。

（「わが文学体験」『全集』第六巻）

五十嵐力[2]は、東京専門学校卒業後、一時『早稲田文学』記者となり、東京専門学校講師を経て、新設の早稲田大学文学部国文学科主任教授となった。また吉江喬松はフランス文学者で、私立大学としては最初の仏文科を早稲田大学に創設し、後に文学部部長となった。空穂とは同郷で、親しい友人である。

早稲田大学での講義

早稲田大学での講義・講読のために、空穂は古典の注釈に専心した。ここから、空穂の古典文学評釈・研究が、本格的に生成されていくのである。

当時の早稲田大学国文学科は教員三人であり、空穂のほか、五十嵐力が『源氏物語』、『平家物語』ほかの軍記物語など古典散文を講義し、大正十一年(一九二二)に早稲田大学に着任した山口剛が主に近世文学を講義した。この三教授が国文学専攻の学生に根本的な影響を与え、早稲田の国文学を築き、その根は坪内逍遙にあったこと、その学風の主流は、文学を文学として批評することこそ核心を成すものだという点にあったこと等については、藤平春男が詳しく述べている(3)。やがて学部規模が拡大した昭和十年代の後半には、教員もかなり増えている。

空穂は『万葉集』、記紀歌謡、『古今集』『新古今集』、近世和歌などの古典韻文を講義していた。空穂は時間をかけて講義の準備をし、それを原稿用紙に書き続け、講義で読み上げ、それが評釈となって刊行されていくのである。

当時、国文学の研究・教育は、東京帝国大学をはじめとする帝国大学を中心に行われていたといえよう。國學院大学、慶應義塾大学は、大正八年(一九一九)四月に施行された大学令により、翌九年に大学(旧制大学)となっているが、空穂いわく、「私立の学校で国文科を重んじていたのは国学院だけであって、他の学校では付録的存在にすぎなかったのである」という状況であったようだ。確かにこの頃、国文学の研究者は帝大出身者に集中しており、多くの人材を輩出しているが、私学は遅れており、たとえば折口信夫が國學院大学で教え始めたのが大正八年で、慶應義塾大学文学部講師となったのは同十二年である。そうした中で、空穂は私学における国文学研究・和歌文学研究隆盛の種を蒔いていった。

五十嵐教授の担任は平安朝の散文で、私は和歌であった。記紀歌謡、『万葉』、『古今』、『新古今』、それに歌学が対象であった。講読は、知っているが故に講じるのではなく、講じるために知るのであって、熟知していないと講じられないものである。一講座二時間で、量としてはわずかであるが、範囲は広いので、私なりに熟知し得たと信じられる下調べをするには、時間を要した。(中略)私は第三者から見ると愚かしいことを愚かしとせず、老学生としてノートを取りつづけた。

(「わが文学体験」)

このように、空穂の学問への姿勢は、大学での講読のために、一歩一歩注釈をすすめるというものであり、愚直なまでに誠実な姿勢であった。

その膨大な蓄積が三大歌集の「評釈」となって結実してゆき、何冊もの著書を刊行するようになるが、その後もこうした謙虚な姿勢は変わらなかった。それは、吉江教授から学部に学位の請求をせよと言われた時、言下にそれを断わった、という逸話にあらわれている。空穂はその時の自らの気持ちについて、「私には何よりも自身の自由の心が大事だった。現状でなし得るだけのことをすれば、それで心足ると思ったからである」(同)と記している。私学における、在野の自由な精神を尊重する言でもあるだろう。けれどもその一方で、空穂には自恃が強くあった。それについては五四頁でも触れよう。

窪田通治先生と学生たち

空穂は早稲田大学では「窪田通治」であった。英文学者・詩人の日夏耿之介《ひなつこうのすけ》も、本名の樋口國登《ひぐちくにと》を用いていたという。窪田通治先生について、多くの人々が思い出を語っている。学生たちが授業を終えた窪田先生を、早稲田大学から豊坂を上り、雑司ヶ谷の自宅(現在「窪田空穂終焉の地」となっている)まで送り、そのまま上がり込んで、お茶や食事をご馳走になったりしたことなどが、さまざまに述べられている。

私的な思い出話で恐縮だが、私がお茶の水女子大学の院生だった頃、亡き師の犬養廉教授から聞いた話として、犬養廉が北海道大学で教えていた時、教え子の学生たちが始終犬養宅を訪れ、犬養が留守の時さえも犬養宅に上がり込んで、奥様や母上にご馳走になっていたという。昔のバンカラな大学で、学生に親しまれる先生の周囲には、こうしたことが多かったのだろう。私たちも研究会等で犬養宅に行っては、ご馳走になったことが数えきれないほどあった。

これは、空穂自身が回想する話を、浅見淵《あさみふかし》が語り伝えている言葉である。

それから二時間余りも、空穂先生から色々と話を拝聴した。(中略)万葉、古今、新古今と、専門の短歌の他に、空穂先生には注釈書も多いが、ほとんど四十代で早稲田の教師になってからの勉強であること、当時は国文科は学生が少なく、私塾のような趣きがあって楽しかったこと、したがって、学校から帰って来ると誰や彼が家まで送って来て、送り狼になってあがりこんだこと、そんなふうなことを楽しげに喋られた。それはまたぼくの学生時代でもあったのである。(「別所温泉の空穂先生」「窪田空穂全集月報2」第十一巻付録、一九六五年三月)

また、武川忠一は、早稲田大学で空穂に教えを受けた歌人で早稲田大学教授であった。『窪田空穂研究』（雁書館、二〇〇六年）を著した中で武川はこのように語っている。

空穂は座談の名手だった。独演するのではなく、人と対して座談を楽しむ人だった。わたしは何度か、空穂座談に聞きほれた。（中略）語りかけるまなざしの、まことにやさしい慈愛に包まれていくのである。しかし、同時に時に一瞬きらめく眼光は鋭く、つぐむ口元は厳しく、見抜かれる感じになる。

若い日から空穂宅への来訪者は大変なものだったようだ。わたしの学生の頃は面会日水曜日の木札が玄関にかかっていたが、誰も守らないとのことだった。（中略）今とは時代が違うが、何時読書し、何時ものを書くのかと誰もが思っていた。

空穂邸への訪問客の多さ、その会話の楽しさ、空穂のくだけた口調の軽妙な談話、時に放たれる重みのある言葉などについては、多くの人々が口々に語っているところである。

『新万葉集』と大日本歌人協会

「大日本歌人協会」(4) は昭和十一年（一九三六）に発足した団体である。この頃空穂と親しく交友していた土岐善麿が運営の中心で、窪田空穂も名誉会員の一人であった。

第二次世界大戦の開戦前夜で、日中戦争が始まった昭和十二年(一九三七)、「大日本歌人協会」も協力して、改造社の『新万葉集』全十一巻が刊行され始めた。同年に企画が始まり、明治以後の短歌によって国民的大歌集を作るために、全国の新聞に広告して一般に公募した上で、撰歌・編纂したものである。巻一〜巻九(一九三八年)が同時代の有名・無名の歌人の歌で、作者名五十音順に載せる。巻十(一九三七年)は「宮廷篇」として天皇・皇族の歌を載せ、巻十一(一九三九年)が「補巻」である。刊行や編纂の経緯を記す「新万葉集の完成」(山本實彦)が巻九にある。計二万六七八三首、作者六六七五人にのぼる。空穂はこの撰歌にあたった審査員の一人であった。審査員はほかに太田水穂、北原白秋《きたはらはくしゅう》、斎藤茂吉《さいとうもきち》、佐佐木信綱《ささきのぶつな》、釈迢空、土岐善麿、前田夕暮《まえだゆうぐれ》、与謝野晶子、尾上柴舟《おのえさいしゅう》の計十名。当時の歌壇の大御所たちである。

『新万葉集』については空穂が『短歌研究』に書いた「『新万葉集』の国民的意義」(一九三七年五月)という文章があり、『全集』第八巻に収められている。

> 今度、明治以来七十年間、我が国の過去現在の全歌人を網羅しての一大短歌選集の刊行される運びに到つたことは、単に現歌壇の上からばかりではなく、これを伝統久しい我が文学史の上から観ても、まさに一大慶事とするべきことである。(中略)
>
> これが完成すれば、質としては、我々に最も親しい、又量としては、勅撰集に準ずべき、そしてそれの極めて拡大された物が、新たに生れ来たる次第である。これが文学史的に見ても、昭代を記念するべき、同時に誇り得べき物が出来る次第だと心から期待される。

中略部分では、文芸における和歌の重要性と文学史的位相について説き、その流れの中にこの『新万葉集』を位置づけて、勅撰集に準ずべきものと言う。「文学史」という言葉を繰り返して、その中に包含されるものと捉えている。明治大帝への礼讃は述べているが、国家民族精神や領土支配拡大などの時局に関連づけようとは特にしていないとみられる。

さらに「大日本歌人協会」は、『新万葉集』の補遺という意味で、『支那事変歌集』の「戦地篇」（一九三八年）「銃後篇」（一九四一年）を刊行し、これにも空穂は「大日本歌人協会」の名誉会員として名を連ねている。

この「大日本歌人協会」が、昭和十五年（一九四〇）に時局の圧力によって解散に追い込まれたことについては、冷水茂太『大日本歌人協会』（注（4）参照）に詳しい。その解散を企てた一人は、空穂の郷里にいた頃からの友人、太田水穂であった。空穂は、昭和三十年（一九五五）に太田水穂が逝去した時、『短歌研究』に「太田水穂という人」（一九五五年三月、『全集』第十一巻）を書き、次のように述べている。

> 太田水穂君も、ついに故人となってしまった。（中略）太田君の中核を成しているものは何かというと、唯二つである。その第一は歌好きということ。その第二は愛国の心情ということである。（中略）
>
> 戦時中、大日本歌人協会は、斎藤瀏《さいとうりゅう》、吉植庄亮《よしうえしょうりょう》、太田水穂君の三人によって、解散を余儀なくされたことは周知のことである。理由は、協会の役員の中には非愛国者がある。このまま持続すれば、役員中から国法により罪人を出すことになると主張したのであった。

協会は解散したが、三君を作歌指導者とする人以外の者はいずれも心平らかではなかった。それはその主張にいくばくの根拠があるかも知り得なかったからである。（中略）当時私は三君を罵る歌を詠んで歌誌に発表していたが、太田君はそれを読んでいて「君の歌で見ると、ぼくや斎藤は悪者のようだね。あはは」と笑っていた。

（中略）数え年八十であるから、天寿というべきであるが、その発病と経過からいうと、その愛国の心情に強い絶望を感じさせられ、それが死因となったと解せられる。耳聞にすぎないことであるが、私にはそう解せられる。

この文章にある「三君を罵る歌」とは、解散の翌昭和十六年一月の『短歌研究』に載せられた「歌人協會解散」という詞書の五首をさすのであろう。はじめの二首を掲げよう（『冬日ざし』『全集』第二巻）。

我をおきて天皇のみ民なきごとくものいふ人よいひを愼め
眞心を照らし合ふべく歌つくる歌びとに何の指導のあらむ

斎藤瀏は元陸軍少将で、軍部に近い歌人である。斎藤瀏についても空穂は、斎藤が出した戦後の歌集について、前引の文章で「戦争を肯定した感情を詠んだ歌であって、まさしく愛国の鬼と思わせた」と評している。太田水穂は空穂が二十三歳の時からの歌友であり、水穂が上京してきた後も密な関わりが続いたが、戦争以降は道が分かれてしまった。

『愛国百人一首』『大東亜戦争歌集』、そして「捕虜の死」

太平洋戦争のさなかに『愛国百人一首』が作られ、広く流布した。これは日本文学報国会と毎日新聞社が協力し、『万葉集』から幕末までの臣下の歌人の歌から、「愛国歌」とみなされる歌百首（柿本人麿《かきのもとのひとまろ》から橘曙覧《たちばなあけみ》。天皇の歌は含んでいない）を選定委員が選んだものである。これは情報局と大政翼賛会が後援した、官民一体の一大プロジェクトであり、情報局の検閲を経て、昭和十七年（一九四二）に発表され、日本国内はもちろんのこと、国外占領地にまで広められていった。選定委員は佐佐木信綱、尾上柴舟、太田水穂、窪田空穂、斎藤瀏、斎藤茂吉、川田順《かわだじゅん》ら十一名である。発表後すぐに、その解説書や評釈等がいくつも出版され、かるたも作られた。空穂も『少国民版 愛国百人一首』（開発社、一九四三年）を執筆・刊行した。【訳】【註】【評】の順で記す、評釈の方式をとっている。

図5 『少国民版 愛国百人一首』

さらに、柳田新太郎（『短歌新聞』主宰）が、開戦以降の雑誌・新聞に発表された戦争に関する短歌を集めて編んだ『大東亜戦争歌集』（天理時報社、一九四三年）があり、「将兵篇」と「愛国篇」とがある。

この『大東亜戦争歌集』の「将兵篇」の序を空穂が書いていて、次のように始まる（『全集』第八巻）。

図6 『大東亜戦争歌集 将兵篇』

文芸はその時代の精神を最も敏感に反映するものだといふことは、既に定論となつてゐることであるが、文芸のうち最も敏感にこのことを示すものは和歌である。これは和歌が抒情を旨とするものであること、形式の短少であることにもよるが、それらにもまして最も大きいことは、和歌の伝統の久しきが為で、精神が昂揚し来ると、おのづから和歌の詠まれるといふ、我が国民の無意識の間にもち得ている教養の結果であつて、現下の大東亜戦争はこの事を極めて明らかに現してゐる。

和歌の本質的性格を述べるところから始まり、精神の昂揚が詠歌に結びつくことを説くが、愛国的な表現、あるいは日本文化の卓越性に帰する姿勢などは抑制的である。

この「将兵篇」は、外地の将兵を中心に、五二四名による二五六二首を収め、ほとんどが戦場の現実の中で詠まれた歌である。将兵たちの歌を数首だけあげてみよう。詞書と作者名は略す。

いま裸にて突入するは誰分隊か立つ煙幕のなかに消えむとす

月冴ゆる夜の江上に仮泊する病院船の十字眼に沁む

詩経ひらきて忘れし文字に嘆きたるその嘆きだに今淡あはし
朝《あした》より雪食ひすすむ深山《ふかやま》にわが昼飯の凍りてかたし
仮眠兵の声苦しみていふ寝言身にもつうれひあからさまにいふ
夜襲せし朝《あした》となれば戦友《とも》の名を呼びつつ兵の山を駆けゆく
呆けしごとく赤き手毬を抱くがあり避難民の中の一人の男
火を借せと前車の友の歩み来ぬまつげにあらくほこりたまれる

今ここの戦場の苛烈さ、悲傷が痛ましく、心を打つ集である。

同時に刊行された『大東亜戦争歌集』の「愛国篇」は、有名・無名の人々八二一名による二五八八首を収める。佐佐木信綱序であるが、その冒頭は、次のように始まり、戦勝を言祝ぎ、強い愛国観を示す。所収歌も観念的で昂揚した戦勝賛歌が多い。

萬葉集は、国全体が一つの詩歌で包まれた日に生れた歌集であつたと云ふならば、赫赫たる戦勝のうちに大東亜戦争の一年を迎へんとしてゐる今の時代も亦、詩歌の時代であるといへるであらう。初冬の空あくまでも青くして、わが日本はかくも安泰である。我々は空に陸に海に、大君のみことかしこみ微笑しつつ散華して行つた皇軍の勇戦奮闘に、神人を見たのである。

佐佐木信綱は、別の『大東亜戦争歌集』(日本文学報国会編、協栄出版社、一九四三年)でも、このような愛国的な序を書いていて、ほかにも多い。
なお、戦時下の文化・言論統制による歌誌統合やこの頃の空穂については、来嶋靖生が詳しく論じている(5)。また、和田敦彦が、早稲田大学という場で、戦時下の国文学研究・教育の果たした役割、そこでの研究者たちの活動・動向を明らかにしている(6)。

図7 『明闇』

以上のように、太平洋戦争下の時局の中で、空穂は歌壇の長老として愛国的な事業・出版物の編纂に協力したことを述べてきた。では、空穂自身の作歌はどうだったのだろうか。戦時中の昭和二十年(一九四五)に刊行された『明闇《あけぐれ》』(『全集』第二巻)は、昭和十六~十八年の歌を収める。神保町にあった青磁社の刊行だが、配給にまわらぬうちに空襲を受け、多くが焼失したという。ニュースの報を受けて戦勝や昂揚感を詠む歌も少なくないが、全体に静謐と苦渋が綯い交ぜに漂う。

そして敗戦後の昭和二十二年(一九四七)、空穂は、次男茂二郎がシベリアの捕虜収容所で病死した報を受け取った。茂二郎は病弱ではあったが、極めて優秀な頭脳の持ち主であり、空穂も期待するところが大きかったと、異母兄の章一郎が述べている(「父と共に暮して」『餘情』第六輯、一九四八年二月)。茂二郎の死の悲しみと憤りを切々と歌った「捕虜の死」(『冬木原』〈一九五一年〉所収)は、二二一九句に及ぶ長歌であり、長歌として空前絶後のものである。

『冬木原』には、戦争末期から敗戦後にかけての歌が収められている。これについては大岡信が「すべて陰鬱で憤ろしい歌の連なりである(7)」と評している通りである。

学徒動員

さて、戦時中の空穂に戻る。太平洋戦争の戦局が悪化した昭和十八年(一九四三)の学徒出陣の時のことを、後年、空穂は言葉少なに語っている。

大戦争は深まり、学徒出陣の日がきた。その召集を受けた学生は、出陣前のある期間、早大の私の教室にも、平常に較べてにわかに一ぱいとなり、耳を澄まして古歌の講義を聴いているのであった。
学徒出陣の式は、運動場で行った。教員、残留する学生全部が賑わしく出席した。田中総長の送別の辞は沈痛なものであった。残留学生の「後《あと》から行くぞ」という送別の言は会場の空に満ちた。その席に列していた私は、出陣の学徒に代わって、勉強して『万葉集評釈』を書こうと決意した。生きて還りくる者も多かろう。それら学生のためにも、万葉集の本質の把《つか》みやすい書を著しておこうと決意したのであった。
(「私の履歴書」『全集』別冊)

まさしくこの時、学徒出陣を前にして、教室で空穂の講義を聞く学生の中に、藤平春男がいた。右の文章とまるで合わせ鏡のようだが、藤平は次のように語っている。

わたくしが早稲田大学文学部の国文学専修に入学したのは昭和一七年四月であるが、窪田通治教授の担当する二講座は第二年度の万葉集と第三年度の記紀歌謡で、戦争中の年限短縮で半年しかない第一年度には空穂の講義は配当されていなかった。一〇月から第二年度ということになって待望の万葉集の講義が始まったが、いまも手もとにあるそのノートを見ると、巻一巻頭歌から巻二の一七〇番歌まで進んでいる。（中略）一八年一〇月からの第三年度は、文科系学生の徴兵猶予停止が行われて、陸軍は一二月一日入隊と決まったからわずか二ヶ月、しかし「その召集を受けた学生は、出陣前のある期間、早大の私の教室にも、平常に較べてにわかに一ぱいとなり、耳を澄まして古歌の講義を聴いている」（空穂、「私の履歴書」）と記された通りで、（中略）

空穂の行為は、椅子に腰かけて話しぶりが座談的なので聞きやすかった。しかし、内容はきちんと整っていて、ノートを読みかえすと実に明晰である。

（中略）しかし当時空穂は、間もなく入隊しようとしている学生たちに平常心を持てと教えるかのように、淡々と講義し、東歌論をも付説したのであった。空穂の講義内容は単に歌人としての鑑賞という次元で古典和歌をとらえるものではなく、その性格を文化史的に大きく把握し、特性に即しつつ作意の解明をする、その作意の解明において歌人的習練の蓄積が鋭く深くあらわれてくるのであって、基本は師とした坪内逍遙の教えにあり、逍遙の講義を通じて知ったテーヌの方法にあったわけであろう。入隊前の二ヶ月足らずの講義を聞く当時のわたくしの張りつめた神経を撃って、いつどこの戦場で死ぬにしても最後までも学問のことを心に抱き続けたいと考えさせ、のち戦後の混乱の中でも学問の世界に戻ろうと決心させたのは、まさに平常心を以て行われた空穂の講義の明晰さだったのである。（「窪田空穂研究」[8]）

窪田空穂と藤平春男

こうして藤平春男は学徒出陣して入営、見習士官として中国の部隊に赴任し、その後、内地に転属となった。藤平は、二十代前半まで作歌をし、岩津資雄の添削を受けたと自ら述べているが、七十歳に近い頃に再び歌を詠み始めた。若い頃の藤平の短歌について、武川忠一が「もう半世紀以上の昔のことになる。藤平さんの短歌を「槻の木」で読み、羨望していた一人だった」「歌をつくりはじめたばかりのわたしが、ほれぼれと読んだ」などと書いている（「若い日の歌のことなど」『藤平春男著作集』第一巻「刊行だより1」一九九七年）。戦争の頃の藤平の歌を少しだけあげておきたい[9]。

読みさしの新古今集投げおきて夕の點呼に我が馳せて行く
民族に生きて個人に死なむといふ理《ことはり》は言へ我物ならぬ
二十代の初めに死にし友いくたり戦場のいづくぞすべて死にざまも知らず
昨夕出でし船沈められしとぞ灰色の海を祖国に別れゆく旅
禿山の低きが下にうごめきて鮮人人夫の荷運びゆく
思ひ捨てし学芸への妄執高まりて孤りの思いに息静めをり
灰降るかに散り交ふ雪に見え隠れあらはれいづる兵は黙《もだ》せる

コップ酒北支に七年居りしといふ軍曹と共に会話もなく飲む

時代の苛烈さ、戦場の匂い、暗い怒りが、澄んだ言葉の連なりに深く沈静して流れているように感じられる。

藤平春男は終戦を迎えて復員後、早稲田大学大学院に入った。この時空穂はまだ疎開から帰京していなかったこともあり、岩津資雄の指導学生となった。藤平は、「窪田空穂は私が大学で受講した恩師の一人だが、最も大きな影響を受けている」（『藤平春男著作集』第五巻）と述べ、研究でも作歌でも空穂からの影響が根源的であったこと、また卒業当時は文芸の研究について問題の所在を示してくれた風巻景次《かざまきけいじ》郎《ろう》の『文学の発生』（一九四〇年）『神々と人間』（一九五〇年）を耽読し、一時空穂から離れたが、また各時代の作品の〈批評〉をどう組み込んで体系化するかに戻って来ざるを得なくなった、と述べている（同）。藤平の「窪田空穂研究」は、空穂の和歌・歌論研究、古典文学研究に関する、最も鋭く本質的な把握による論考である。

浅田徹（お茶の水女子大学教授）は、藤平春男の教えを直接受けた研究者であるが、私が空穂と藤平についてたずねた時、「藤平先生は誰かのことをどうこうおっしゃる方ではありませんでした。でも藤平先生が繰り返し言われた「態度と方法」は、空穂から学んだものだと思います。また、藤平先生は、歌人の伝記研究などには淡泊でいらっしゃいましたが、それも空穂の影響だと思います」と語っていた。まさにその通りのことを藤平は述べていて、『新古今歌風の形成』（『藤平春男著作集』第一巻、笠間書院、一九九七年）に、その著の根幹にある「〈態度〉と〈方法〉という語は、窪田空穂の歌論におけるそれを自分なりに解して用いたのである」と書き、空穂の言う〈態度〉と〈方法〉という概念について祖述し、〈態度〉は心的態度であり即作歌態度、〈方法〉はいわゆる表現技法等であり、こうした空穂歌論を援用するところから新古今的な特質を考え始めたと述べている。

早稲田大学の学統を形成

空穂が早稲田大学に作った和歌研究、古典研究の学統は、おそらく空穂の予想をはるかに超えて、大きな流れと拡がりを形成し、空穂の教えを受けた和歌文学・古典文学の研究者は多数に及び、早稲田大学におけるその継承は現在まで続いている。研究の方法として、作品の価値批評を重んずる態度は空穂や五十嵐力に共通して強くあり、それは門下の研究者たちに受け継がれている。用語の面でも、たとえば「文芸」という言葉を空穂はよく用いているが、これは藤平春男、井上宗雄、上野理をはじめ、今でも、早稲田大学出身の和歌研究者が論文で用いることがよく見られ、底流している流れを感じる。

空穂は早稲田大学の学会誌『国文学研究』が創刊された昭和八年（一九三三）当時の早稲田大学国文学会の会長であった。また遺族の窪田章一郎から寄せられた基金をもとに、若手研究者に対する「窪田空穂賞」が設けられ、今に至るまで毎年受賞者を出している。早稲田大学の国文の学生・院生にとって、「窪田空穂」は今も身近な名前であるといえるだろう。

　文藝の研究は即《そく》批評ぞと思ふままにぞ我はしにける

これはよく知られている歌であり、二六頁でも掲げたが、空穂は和歌などの「文芸」を批評することこそが研究の命題であると断じた。この歌に答えるようにして、藤平春男は晩年に重い病から退院した後、「文芸の研究は即批評ぞと空穂のいへるを頼みとせしが」(『藤平春男著作集』第三巻「刊行だより3」)と詠じている。

空穂は古典和歌研究について、「古典和歌は古代史の史料ではない。文芸である。文芸で重んずべきは鑑賞である」(「私の履歴書」)ときっぱり言う。この「鑑賞」はおそらく右の歌に言う「批評」に近く、感性のままの鑑賞ではない。これについては一〇四頁、一四四頁でも述べる。

前掲の空穂の歌からは、文学研究が作品の価値を見定めるところにあり、それを自分はやっているのだという自負が感じられる。空穂は大学院で学問研究をしたわけではなく、留学もせず、国家のために育成されたエリートとは別のところで、ひたすら古典文学に対峙し、作品を読み解いた。今は国立大学も私立大学も、校風・学風にさほど大きな差はないと思われるが、この頃の早稲田には私立大学の「在野」という言葉がふさわしい何かがあったのだろうと想像される。

空穂の歌人としての面は、早稲田大学においてむしろ高く評価されていたのではないか。空穂は、自らの作歌を貫く一方、「文芸」の批評・評価を重んじる国文学研究のあり方、創作と研究が独特に融合する研究を推進した。それは空穂の師である坪内逍遙からすでにそうした学風があるわけだが、とりわけ、創作と研究が融合する学統は、早稲田大学において、窪田章一郎、岩津資雄、武川忠一、佐佐木幸綱、内藤明などに受け継がれている。藤平春男も右に掲げたように歌人であり、中世歌壇史研究の井上宗雄は俳人であり、ほかにも多い。詩歌や小説の実作・創作を尊重し、実作と学問とが独特に融合するような学風、気風は、今でも早稲田に残っている。

空穂の教え子である国文学者渡邉竹二郎のエッセイに、こんなことが書かれている。

またあるとき、

「先生は、歌人ですか、国文学者ですか。どちらだとご自身で思っていらっしゃるのでしょう」

ぶしつけと知りながらうかがってみた。この際も、すぐさま先生は

「歌人だよ」

と答える。

「歌は生きる道、国文学の研究は生活さ」

はっきりしていられる。もちろんこの「生活」とは経済生活を含めたもっと大きなものを意味させた言葉であることは、私にもわかった。

（「窪田先生語録」『信濃教育』第一一二八号、一九八〇年十一月）

しかし空穂は早稲田大学の古典文学の講義では、短歌の創作についての話はほとんどしなかったと伝えられている。教える時には創作と研究とを峻別する意識があったのではないか。

多くの門人、知友、教え子たちの敬愛を受けて

空穂は早稲田大学の学生たちから敬愛されており、ほかにも空穂を取り囲む人々は実に多かったことが、空穂自身の文章、また空穂について人々が記した文章からうかがい知られる。早稲田関係の知友・学友、歌人・詩人たち、文壇・歌壇の人々、そのほか、夥しい数の人々が空穂を敬愛し、空穂を囲む会である「空穂会」には多数の人々が集った(10)。

私の教員生活は、若い学徒を育成するとともに、その学徒の刺激によって自身も教育されて、おのずから老境の心をもちえたのである。その長い期間の心の習慣は、退職後すでに多くの年を経ている現在も身についていて、私に幸福を感じさせつつある。

名誉にも金銭にも無縁な私学の教員上りの老翁は、他所目《よそめ》から見れば世の敗者で、あわれな見すぼらしい者に見えよう。しかし幸、不幸はその人の主観のもので、他人にかかわりないものである。私自身は一種の勝者の心をもって、幸福感を味わいえている。

（「老境のよろこび」『全集』第六巻、『窪田空穂随筆集』所収）

これは八十六歳の昭和三十七年（一九六二）一月に『春秋』に書いた文章であり、空穂自身、教育者としての人生に自足した幸福な思いを抱いていたことが知られる。

後年のことであるが、生方たつゑが、小杉放庵から聞いた話として、空穂が放庵たちから「おかあさん」と呼ばれていたというエピソードを紹介している（「おかあさんと呼ばれた空穂先生」「窪田空穂全集月報5」第二巻付録、一九六五年七月）。

平成五年（一九九三）六月には、松本市和田の空穂の生家の向かいに窪田空穂記念館が開館し、多数の空穂関係資料や遺品等が収蔵されている。この事業には空穂会が大きな役割を果たした。

武川忠一が、藤平春男の思い出を記す文章の中で、このように述べている。

空穂記念館が空穂の生家の復修とともに開館されたとき、到底でかけるような体調ではなかったが、奥様がつき添い出席された。最期の遠出で、食入るように観ておられた。記念館は数年がかりの計画だったが、わたしは、最も頼みにして、すべて相談に乗っていただいた。それでも、体調のために思うように動けない無念は大きかったようだ。

（「若い日の歌のことなど」『藤平春男著作集』第一巻「刊行だより1」）

窪田空穂の蔵書

図8　窪田空穂記念館

ここで、空穂の蔵書や、記念館についても触れておこう。窪田空穂記念館の設計は新国立劇場・東京都現代美術館などの設計者柳澤孝彦（松本市出身）である。収蔵品として、空穂の書簡、墨跡、著書、遺品があり、空穂研究資料が集められている。そのうち著書は、早稲田大学で空穂の弟子であった森伊佐夫の多年にわたる蒐集が寄贈されている。この窪田空穂記念館編の本として、『窪田空穂――人と文学』（柊書房、二〇〇七年）があり、ハンディでわかりやすい。記念館では空穂に関連する展示が何度も行われている。

早稲田大学図書館にも、空穂の没後二十年を機に、早稲田大学名誉教授窪田章一郎から、空穂関係資料（原稿、書蹟、著書、雑誌）が寄贈されて、昭和六十二年（一九八七）六月に没後二十年を記念する「窪田空穂展」が開催され、二三三二点の資料が展示された。

実は、空穂の蔵書三〇〇〇点余――多くは江戸期歌書の版本であったという――を、太平洋戦争の空襲下、保存のために早稲田大学図書館が預かる計画が持ち上がり、とりあえず商学部二階の一室に保管していた。それが昭和二十年(一九四五)五月二十五日の大空襲で、校舎とともにすべて焼亡してしまったという(服部嘉香「窪田空穂を描く言葉」、および『没後二十年記念　窪田空穂展』早稲田大学図書館)。

歌人たちが描き出す空穂像

『短歌』所載の座談会「空穂を大いに語り合う」(角川文化振興財団、二〇一七年六月)が、空穂の歌とともにその人間像を浮かび上がらせていて、めっぽう面白い。馬場あき子、島田修三、内藤明、司会米川千嘉子で、空穂に会ったことがあるのは馬場あき子だけということだが、この歌人たちの人間観察の鋭さ、言葉への感性の鋭敏さには、当然のことだけれども、改めて驚かされる。発言の中から少しだけ摘記しよう。

- 内に籠もりながら自分の本性を遂げる、という気がしますね。(馬場あき子)
- 『みだれ髪』は派手な言葉が一首の中に三つは入っているよね。そういう絢爛たるロマンチズム、得恋のロマンチズムなわけ。空穂は、なぜ半年も経たないうちに「明星」を辞めたかと言うと、鉄幹とは共鳴できたけれど、晶子に共鳴できなかったからではないか。辞めて翌年すぐに「山比古」を出すでしょ。明星ロマンチズムに対抗するもう一つのロマンチズムというものを心に抱いていたんじゃないか。(同)
- 年譜を見るとね、身の変わり方の早いこと。(中略)やっては辞める、というのは、好き嫌いが激しい人だっ

たんだと思う。嫌いとなったらやめる。（同）

●俗なところとリアルなところがあったり、群れの中の私や他者を見たり、啄木《たくぼく》と似ている点がある。茂吉とか白秋が「我」や美に熱中しているときに、他者や世間とつながっていく。（米川千嘉子）

●いい人なのか、悪い人なのか分からない。かなりニヒル。（内藤明）

●「末子」という小説で、とんでもない子が描かれるでしょ。疳が強くて強情で、親に逆らう子、五つか六つで、真冬の縁の下にもぐって出てこない。あの負けん気を生涯持っていた。大阪の堂島の米穀問屋に行くでしょ。一旗揚げたかったんだよ。相場とかそういうものにも野心のあった人。（島田修三）

ここに描かれている空穂像は、次に述べる、大岡信が描き出す空穂と実に重なり合うのである。

窪田空穂と大岡信

大学での教え子、門下の歌人、知友など、空穂を囲む人々は多いが、空穂に私淑した一人に大岡信がいる。大岡は、父の博が空穂に師事した歌人であった縁で、中学の頃から空穂の歌に親しんだ。実生活の上でも親近し、空穂は、大岡の大学・就職の保証人、結婚の媒酌人、そして長男玲《あきら》の名付け親にもなった。大岡は空穂の没後、『窪田空穂論』（岩波書店、一九八七年）を著し、『窪田空穂随筆集』（岩波文庫、一九九八年）を編んだ。その大岡が描写した窪田空穂像をいくつか引用しよう。

●けれども、この人の前で甘ったれたことを言うことは一切できなかった。峻厳な批評精神の塊りが、いつも微笑を浮かべながら、聞き上手のていをしてゆったり目の前に坐っていたからである。（『窪田空穂論』）

●父親は空穂先生への尊敬の念を私に直接語ったことは一度もなかったが、私は彼の書いたものの中に引用されている空穂の作品を通じて、私は私で、この先生は実に幅が広く、浪漫性豊かな歌をたくさん作りながらも、我れを忘れて興奮したりすることのない批評精神を、どんな時でも手離さない人である、ということを自分で納得していった。（『窪田空穂随筆集』「解説」）

そして、空穂の全生涯を縮約したような批評は、次のものである。

●幼少時はむしろひよわで、とても長生きはできまいと皆に思われていたというが、負けん気の農家の末っ子は、自分の生まれ育った環境の、因習に頑固にしばりつけられている生活を嫌い、死にものぐるいの反抗を試みること数次にわたったあげく、東京の根無し草に近い市民として、主としてジャーナリズムの一隅で生き、ついで母校早稲田大学の教授として多くの学生に慕われる先生となった。「軍人と金持ち嫌い」の我《が》を押し通した人は、厖大な原稿を書き、知らぬ間に健康な体を作りあげ、ついに九十歳の長寿にまで達したが、最後まで頭脳の敏活な働きをやめなかったのである。（同）

●驚くべき活力である。それらはみな全集に収められている。つまり空穂の全集はまさに老年期の驚異的な収穫に満ちたものだったのである。老いぼれの寝言に類する文章はただのひとつもない。（同）

この「負けん気の農家の末っ子は、自分の生まれ育った環境の、因習に頑固にしばりつけられている生活を嫌い、死にものぐるいの反抗を試み」という言は、端的で興味深い。藤平春男もまた、「空穂の体質の中にある農民性」を指摘し、「窪田通治が中農の末子として抱かせられた陰鬱さと自立への志向であって、空穂の明晰な知性を以てしても終生青年時のその気質は消えはしなかった」(『藤平春男著作集』第五巻)と述べている。農民性は、空穂の小説や随筆に色濃く反映されている。大岡信の空穂評は核心をついていて、端的に空穂像を浮かび上がらせるものであろう。

大岡信の輝かしい業績である古典評論・和歌評論、歌人評伝には、窪田空穂の影響が多大であったことを、大岡は繰り返し述べている。

図9　大岡信(相澤實氏撮影)

しかし実際には、私は旧制高校のころ以来、少なくとも日本の詩歌文芸の読み方に関する限り、ほとんど決定的な影響を空穂の著作から得たのである。『古今集』とか『新古今集』、また紀貫之《きのつらゆき》や西行《さいぎょう》や藤原俊成《ふじわらのしゅんぜい》や江戸時代の歌人たちの世界に入ってゆくための、最も確実で強力な信頼すべき鍵は、私の場合、つねに窪田空穂の著作にあった。『紀貫之』、『うたげと孤心』、『折々のうた』その他、私が書くことができたいくつかの日本詩歌に関する小著類は、空穂の本から得た測り知れない恩恵を除いては存在し得なかったと言っても過言ではないと思っている。
（『窪田空穂論』「あとがき」）

戦後日本の詩歌と評論を常にリードした大岡信が、「一度も教場に出たわけではないが、私は空穂を自分にとっての最高の先生だったと考えている」（『窪田空穂随筆集』「解説」）と言う。大岡は東京大学文学部国文学科で学び、池《いけ》田亀鑑《だきかん》の演習をとったが、その文献学的研究には興味をもてず、在野の私学でいわば孤高に古典と対峙していた空穂から、古典和歌の本質的なものを学んだのである。

（1）臼井和恵『窪田空穂の身の上相談』（角川学芸出版、二〇〇六年）。
（2）五十嵐力については日下力『中世日本文学の探求』（汲古書院、二〇一九年）に詳しい。
（3）『早稲田大学文学部百年史』（早稲田大学第一・第二文学部、一九九二年）の第二章第二節1。
（4）冷水茂太『大日本歌人協会』（短歌新聞社、一九六五年）。この本の存在は五味渕典嗣（早稲田大学）によって知り、種々ご教示を受けた。また三枝昻之『昭和短歌の精神史』（角川ソフィア文庫、二〇一二年）がこの頃の短歌について論じている。
（5）来嶋靖生『窪田空穂とその周辺』（柊書房、二〇一五年）。
（6）和田敦彦「戦時下早稲田大学の国文学研究――再編される学知とその流通」（『日本文学』二〇一九年九月）。
（7）大岡信『窪田空穂論』（岩波書店、一九八七年）。
（8）『藤平春男著作集』第五巻（笠間書院、二〇〇三年）。
（9）ここに掲げる歌はいずれも、この武川忠一のエッセイをはじめ、『藤平春男著作集』第一～五巻に付された「刊行だより」1〜5(一九九七〜二〇〇三年)に載せられているものである。また藤平の歌については、早稲田大学院生御手洗靖大からご教示を得た部分がある。

(10) その人々については、来嶋靖生『窪田空穂とその周辺』が歌人を中心にまとめており、窪田空穂記念館編『窪田空穂――人と文学』(柊書房、二〇〇七年)にも「窪田空穂をめぐる人々」(来嶋靖生)がある。また平成二十三年度(二〇一一)窪田空穂記念館企画展「窪田空穂と早稲田」の展示図録は、充実した内容と豊富な図版があり、早稲田大学や周辺の人々との交流についても詳しく、書簡・日記など多数の資料を載せている。

第三章　三大歌集の「評釈」の達成——『古今集』『新古今集』を中心に

第一章と第二章で、窪田空穂の生涯や人間像、創作・編集活動、教育活動などを見てきた。以下の第三章と第四章では、それらをふまえながら、本書の主な目的である空穂の国文学研究について、まずは三大歌集の評釈を取り上げ、続いて種々の面から検証を加え、その達成と位置とを見定めていきたいと思う。

『新派短歌評釈　附作法』と『註解古今名歌新選』

空穂は、芳賀矢一《はがやいち》の『国文学十講』（一八九九年）を、二十歳過ぎ頃に信州で買って読んで感激し、この本にある注釈書を頼りに、日本の古典をひと通り若いうちに読んでみようと決心した、と述べている（空穂談話Ⅺ「『万葉集選』のころ」「窪田空穂全集月報21」第二十五巻付録、一九六六年十二月）。古典への興味は若い頃からあったものであるが、古典和歌については、三大歌集の評釈の前に、空穂にはいくつかその前哨となる仕事があった。

明治四十一年（一九〇八）に玄黄社から出版された『新派短歌評釈　附作法』（『全集』第十二巻）は、与謝野晶子をはじめとする同時代の新派の歌人の短歌に一首ずつ解説（評釈）を施したものであるが、この中に、「万葉集抜書」として、五十二首の『万葉集』歌を取り上げている。評釈、とはあるが、後の空穂の評釈のような、【語釈】【釈】【評】【評　又】という体裁のものではなく、単に解説を記したものである。

『註解古今名歌新選』は明治四十五年(一九一二)に書かれた註解であり、大部のためか『全集』には収められていない。『万葉集』から近代に至る作品を集め、四季、無季、恋、人事上下の八編に分類して配列したアンソロジーで、頭注に歌意を記す。空穂の古典和歌史への興味を語る初期の仕事であり、八〇〇頁近い大著である。藤平春男は、「明治四十五年という時期を考えると質的にかなりすぐれたもので、万葉歌も多く、『万葉集選』の先駆でもある」(『藤平春男著作集』第五巻)として、重要な著作と位置づけている。

大学での講読から評釈へ

空穂の古典文学に対する姿勢が変化したのは、大正九年(一九二〇)の早稲田大学着任が大きな転機であったとみられる。大正九年以前の著としては、前述の『註解古今名歌新選』、『評釈伊勢物語』(一九一二年)、そして『源氏物語』(一九一四年)、『万葉集選』(一九一五年)、『続万葉集選』(同)、『奈良朝及平安朝文学講話』(同)、『枕草紙評釈』(一九一六年)、『西行　景樹　守部』(一九一七年)、前二著の合本である『万葉集選』(同。なお『万葉集選』は釈・評ではない)などの著作がある。

早稲田大学で講義を始めた頃について、三九頁にもあげたが、「講読は、知っているが故に講じるのではなく、講じるために知るのであって、熟知していないと講じられないものである。一講座二時間で、量としてはわずかであるが、範囲は広いので、私なりに熟知し得たと信じられる下調べをするには、時間を要した」(「わが文学体験」『全集』第六巻)と語っている。空穂にとって、大学で教鞭をとるのは、思いもしなかったことであった。空穂はその頃の自分の覚悟について、「学生の実状を見ると、そうした研究以前の、基礎的な、古典の講読も必要である。それをするにしてからが、私は極力勉強し直さなければならない。老学徒の心をもって、学生と一緒に勉強しよう、そして繋《つな》ぎの役を果たそう、旧海道筋の合《あい》の宿《しゅく》になろう、と決心したのであった」(同)と回想している。

この大正九年以後に、和歌の評釈が多くなっている。『新古今和歌集評釈』『古今和歌集評釈』『万葉集評釈』の三大歌集の評釈、および紀貫之、人麿、西行、和泉式部の著などは、すべてこれ以降のものである。大学では、五十嵐力が散文担当で、空穂は韻文担当であった。この三集の講義ノートが、評釈としてまとめられていく。

基幹としての「評釈」

まず最初に、この頃の注釈のあり方や、空穂の評釈とそのスタイル・意図について、まとめておこう。

この頃、注釈といえば、江戸時代の国学者の訓詁注釈、およびそれを継承したものが一般であり、語の意味・解釈、出典などが中心であった。この頃の古典注釈について鈴木健一が概説していて、(1)それによれば、明治時代から戦前までは、近世の注釈がかなり有用なものとして流通し、明治から戦前・戦中にかけて、古典注釈の単著はそれなりの数が出版されているが、今日ではほとんど顧みられないのが現状である、と指摘する。そうした中で、昭和七年(一九三二)から十二年という時期に初版が刊行された空穂の『古今和歌集評釈』『新古今和歌集評釈』は、今においても参照される質を持っており、その点で稀なものである。

「評釈」という言葉は空穂が最初ではなく、幕末の『源氏物語評釈』(萩原広道《はぎわらひろみち》)などいくつかあり、これ以降もある。また空穂の著でも、先に述べたように、明治四十一年(一九〇八)の『新派短歌評釈　附作法』があるが、これはまだ【語釈】【釈】【評】【評　又】という体裁ではない。同四十五年の『評釈伊勢物語』は、本文に続き、【釈】【評】という形式を取るが、【語釈】【評　又】はまだない。空穂の評釈形式は少しずつ変化し、磨かれていったことがわかる。なお、この『評釈伊勢物語』の【評】は、まだ文化史的な把握の上でなされた分析ではなく、作家の批評・鑑賞という傾向が強い(一一〇頁参照)。

改めて、空穂の三大歌集などの評釈のスタイルをあげておこう。

【題意】　【語釈】　【釈】　【評】　【評　又】

【題意】は詞書の語の説明(この【題意】の項目は当初はなく、あとで追加された)、【語釈】は語の説明、【釈】は現代語訳である。そして【評】は、歌全体の解説であるが、最も重視しているのは、その歌の「作意」、すなわち作者がどういう意図でその歌を詠んだかを考察し、示すことである。その時代の現実感、詩情・情調である「生活気分」(「情緒」「気分」とも)をそれぞれの時代性として捉え、作者の「作意」を示し、その和歌の見所、ポイント、価値を端的に論じるものである。【評　又】は、従来の注を列挙し、淡々と批判または肯定する。これらのうち、「作意」を考えて和歌の評価をする【評】と、簡潔な現代語訳【釈】が白眉であり、「評釈」と命名されているのもよくわかる。

空穂の三大歌集の評釈を読んで感ずるのは、明快に端的に述べる態度である。中でも【評】は「評釈」の要であり、これを端的に書くのは容易なことではなく、判断に迷う時もあったであろうが、きっぱりと評を加えており、清々しい潔さがある。後掲の図版のように、自筆原稿には執筆時の加筆や訂正の跡が見られるが(図10〜12参照)、基本的に判断保留の態度は取っていない。藤平春男は【評】について、「単に歌人としての鑑賞という次元で古典和歌をとらえるものではなく、その性格を文化史的に大きく把握し、特性に即しつつ作意の解明をする、その作意の解明において歌人的習練の蓄積が鋭く深くあらわれてくる」（『藤平春男著作集』第五巻）と述べており、この点が空穂の評釈の最もあざやかな特質となっている。これらについてはそれぞれの箇所でまた述べる。

ところで、版元である東京堂の赤坂氏から聞いた話が、空穂の「私の履歴書」（『全集』別冊）にある。

全集のことが決まった後、赤坂君、「古今と新古今は、戦争末期の書籍の刊行の困難だった時のものですが、あの本で当時の東京堂は助かりましたよ。少なくとも十万部は売っていますよ。正確にはそれ以上で、古い帳簿を調べればすぐに判《わか》りますよ」とのことである。

少なくとも十万部と書肆から聞くのは、私は初耳だった。私のものだからではなく、古典だから売れたのである。古典は国語とともに滅びない。

空穂は「古典だから売れた」と謙虚に言うが、十万部以上売れるというのは大変なことである。鈴木健一（注（1）参照）によると、昭和三十二年（一九五七）から刊行が開始された岩波書店の「日本古典文学大系」（いわゆる旧大系）は、完結時に「延べ五〇〇万冊」といい、単純に割ると一巻につき五万冊売れたことになると指摘する。旧大系はその後もずっと売れ続けて倍くらいになったようだが、単行本の注釈書が、戦争末期に十万部、ということには驚かされる。

さて、先に記したように、空穂は、昭和七年（一九三二）～八年に『新古今和歌集評釈』上下巻、同十年に『古今和歌集評釈』上巻、翌々年に『古今和歌集評釈』下巻を刊行している。以下で、『古今和歌集評釈』と『新古今和歌集評釈』について述べていくが、作品自体が時代的に先行する『古今和歌集評釈』の方から、先に取り上げたい。

『古今和歌集』の評釈へ

空穂は、昭和十年(一九三五)に『古今和歌集評釈』上巻を東京堂から刊行し、同十二年に下巻を刊行して完結させた。同三十五年(一九六〇)に新訂版を上中下の三巻で同じく東京堂から刊行、旧版からかなり改訂されており、『全集』第二十・二十一巻にはこちらが収められている。本書は、『古今集』の注釈、および『万葉集』から『古今集』を俯瞰して『古今集』の方法の新しさを析出した和歌史論として、清新、かつ重厚な内容の評釈である。

実は時間を遡って見ると、空穂の初期の『古今集』評価は、歌人としての実作の立場に立っている頃であるためか、否定的なものが多い。当時の新派和歌における『古今集』への批判も大きく影響しているとみられる。空穂は、「実感」を重んじる立場から、レトリックや理知的なはたらきを厳しく否定した。大正五年(一九一六)に『国民文学』に書いた文章から引用する。紀貫之の歌数首をあげて、空穂は次のように言う。

これらの歌はすべて譬喩であつて、直接に心持を現した歌は一首もありません。一体短歌における譬喩は、少数のものを除くと殆ど失敗してゐます。それは譬喩その物が悪いのではなくて、譬喩を使ふ心が悪いのです。(中略)そしてかうした譬喩の何所が面白いのだらう、譬喩さへ持つて来れば歌に成ると思つたのだらうかと、彼の常識までも疑はずにはゐられないやうな作です。

これらの歌によつて観ると、彼れ貫之は詩歌の作者に最も尊ぶべき自身の気分を愛し信じるなぞといふ事はとても出来なかつた人で、又一つの事象に対しても、その物の生きてゐる所を捉へる事も、認める事も出来なんだ人と思ふより外はありません。それでは彼は何をたよりにして歌を詠んだかといふと、理知と文字に対する多少の知識をたよりにしたのです。この、気分が信じられなくて理知のみをたよりにしたといふ事は、彼の歌人ではなかつた第一の点です。（中略）

紀貫之といふ人は、全く歌壇に於ける偶像です。この人の間接の感化が現在にも尚ほ及んでゐて、そして相応に力強いものであるらしいことを思ふと、全く驚くの外はありません。

（「紀貫之の歌論と歌――友に答へる手紙」『全集』第十巻）

しかし後年、特に早稲田大学で講ずるようになって以降、空穂はそれぞれの作品の本質を見極めようと、注釈をしながら分析的に考えるようになる。文化史的背景や時代思潮をふまえながら、その古典文学と作者の特質・価値を明らかにしようとする研究的スタンスに立ち、歌人としての好尚によることなく、明晰な分析と論述を行うようになる。「文芸作品として永い期間存在してきたほどの物は、こちらの好き不好きによらず、心を打ちこんで読むと、従来気のつかなかった美所が随所に発見されて興味となってきた」（「私の履歴書」）と述べるように、歌人としての好尚から切り離し、研究者として考え検証していく態度が、『古今集』や『新古今集』の評釈の成果を次々に生み出していくのである。

このような段階を経て、『古今集』や紀貫之に対する評価も大きく変わる。右の文章に関わることでいえば、古典和歌でいったいなぜ、そしてどういう方法でこうした「譬喩」のような行為がなされるのかという根本から考え直され、分析的に探られていく。
改めて『古今集』に向き合った時、北村季吟《きたむらきぎん》『八代集抄』(一六八二年)、契沖《けいちゅう》『古今余材抄』(一六九二年)、賀茂真淵《かものまぶち》『古今和歌集打聴』(一七八九年刊)、本居宣長《もとおりのりなが》『古今集遠鏡』(一七九七年刊)、香川景樹『古今和歌集正義』(一八三二年)などの江戸時代の注釈書、そして明治四十一年(一九〇八)の金子元臣《かねこもとおみ》『古今和歌集評釈』に、空穂は強い不満を抱いた。第一にこれらの注釈における和歌の作意の解釈がそれぞれ異なっていることを言い、第二として、以下のように述べている。

これらの書はすべて、古今和歌集という平安初期時代を代表する一勅撰和歌集を、その歴史性から切り離して、単に作歌の模範書として見、それを絶対的な、神聖なもののごとくに見ている態度である。このことは、一つの批評と見れば見られることでもあるが、それが作意の解釈の上にまで延長して、作意を歪曲しているのである。北村季吟、釈契沖の二人は、学究的態度を持し、客観的に一首一首の作意を明らかにしようとしているのであるが、他の四著者は、程度の差はあるが、いずれも自家の歌人としての好き不好きを、解釈の上にまで延長させ、好きな和歌は迎えて褒め、嫌いな歌は強いておとしめているのである。第一条にいった、作意の解釈のまちまちだということは、ここから発しているのであって、これは解釈ではなく批評であり、あるいは自家の主張ともいうべきものである。(中略)現代の新著としての「古今和歌集評釈」[2]にしても、大体としては江戸時代の注釈書の継承であり、著者の歌人としての好みの濃厚に出ているもので、必ずしも甘心しうるものではなかった。

現代の古今和歌集に求めているところは、これを作歌の模範書として会得しようということではなく、平安時代初期の文芸書としての和歌集としてであり、また、それが、いかなる特色を持っているかということである。(中略)本書は、つとめて古今和歌集のもつ文芸性を明らかにしたい。

(『古今和歌集評釈』「新版の序」一九六〇年、『全集』第二十巻)

現在の古典文学研究において、古典文学作品をその成立した時代の中におき、文化・社会・背景などをふまえて、その特質や新しさなどを把握し位置づけることは、正統的で当然の方法であるが、空穂が『古今集』注釈に着手した昭和初期においては全くそうではなかった。そこに違和感をもったのが始まりであった、ということを空穂は述べている。そしてこの「新版の序」で、「古今和歌集は、その名のとおり歌集であるが、その時代の文化史となっているともいい得る書である」と言う。

『古今和歌集評釈』では、【題意】【語釈】【釈】【評】【評　又】の順で評釈がなされている。このうち、【釈】(現代語訳)も端的な訳ですばらしいが、最も重要なのが、歌の「作意」を考察する【評】である。この【評】について空穂は、「評は作意を明らかにすることを主としたもので、これは従来ほとんど閑却されていたものであるが、筆者の経験からいうと、一首を理解する上で最も必要だと信じているものである。(中略)本来はこれに、筆者の感ずる価値批判も加えるべきであるが、それは他の機会に譲るべきであると思い、触れない方針をとったのである」(『古今和歌集評釈』「後記」一九三六年、『全集』第二十一巻)と言明している。空穂は『古今和歌集評釈』では、【評】でその作品の「作意」を見極めることに力を注ぎ、それを前面に出して、自分の価値判断は加えなかった。

また【評　又】は、前記の『八代集抄』以下の注釈書六書の記述を引用し、「取って従った箇所を明らかにするとともに、従いかねる箇所をも本文を引くことによって挙げたものである」(『古今和歌集評釈』「序」一九三五年、『全集』第二十巻)と記す。従来の注釈書はそのようにきちんと引用していないものが多く、不快を感じたことを「後記」で言っている。

『古今和歌集』の根底に流れるもの

『古今和歌集評釈』の冒頭「古今和歌集概説」(『全集』第二十巻)は、評釈を終えたあとに書かれたもので、今日もその主張が生きる卓抜な論である。この執筆に費やした日数は、一週間とはかからなかったという(窪田章一郎「解題」『全集』第二十巻)。何箇所か摘記する(最初の数字は節番号)。

(七)古今和歌集の和歌を通覧して、第一に最も際立って感じられる事は、人事と自然とが一つになり、渾融した状態となって、どこまでが人事で、どこからが自然かという見さかいの付かなくなっている和歌の多い事である。

人事をいうに、自然を譬喩としていう方法は、詩的技巧として上代より存しているもので、すでに万葉集にあっても、寄レ物陳レ思といい、また譬喩歌というものが、一つの部立《ぶだて》となっている。(中略)古今和歌集に現れているものは、譬喩という程度のものではない。すなわち一方を主とし、一方を従とするという対立関係のものではなくて、それとこれとが全く一つとなり、渾融した状態となっているもので、主従という関係

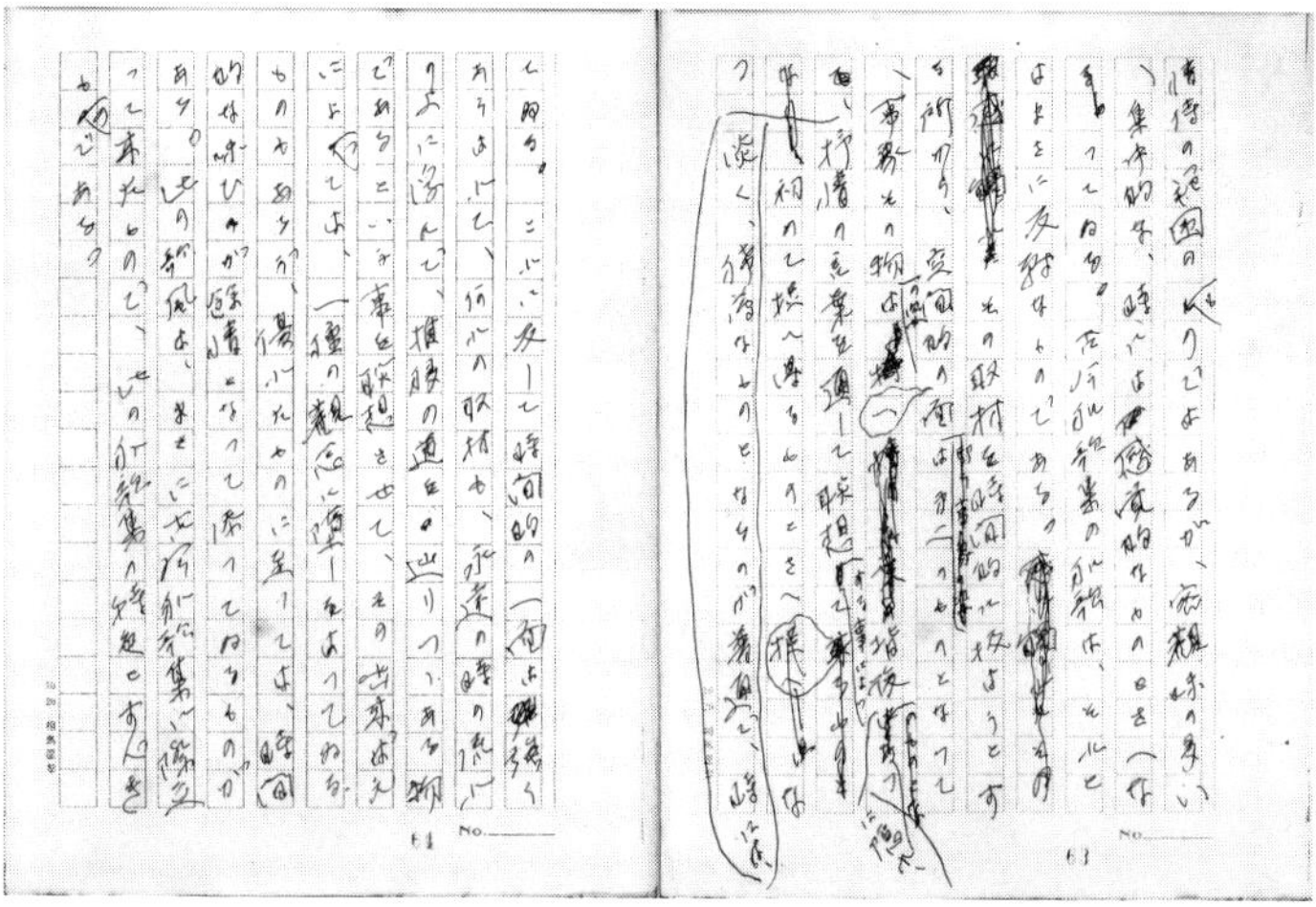

図10　早稲田大学図書館蔵『古今和歌集評釈』原稿63・64

を超えたものなのである。

(九)古今和歌集の和歌を通覧して、前にいった人事と自然とを一体として渾融させている事と相並んで、第二に、最も際立って感じられる事は、一切の取材を時間的に扱っているという事である。すなわち一たび心に触れた事象は、それが人事であっても自然であっても、次いで、それを永遠なる時の流れの上に浮べ、その事象も時と共に推移しつつあるものである事を認め、その上で、それに依って起こって来る感をいうという詠み方である。(中略)万葉集の短歌は、空間に力点を置いたものである。その取材を扱うに、時間の方はつとめて短く切り縮めて、これを一瞬間の印象にとどめ、反対に空間の方は、つとめて如実にしようとする扱い方である。(中略)古今和歌集の和歌は、それとはまさに反対なものである。その取材を時間的に扱おうとする所から、空間的の一面は第二のものとなって、事象そのものの姿は背後に隠れ、淡く、稀薄なものとなるが普通で、時には、抒情の言葉を通して連想する事によって、初めて捉え得るものとさえなっている。これに反して時間的の一面は強く現れて、いずれの取材も、永遠の時の流れの上に浮んで、推移の道を辿りつつあるものであるという事を連想させて、(中略)この歌風は、まさに古今和歌集に至って際立って来たもので、この和歌集の特色とすべきものである。

（10）古今和歌集が、いかに時間的推移に力点を置いたものであるかという事は、その編次の上にも現れている。

これを自然の上に見ると、第一に四季に分ち、次いで春は、立春に始め、春の雪、鶯、若菜、柳、帰雁、梅というように、春の風物の展開を細かく分けて、時の順序を追って排列している。和歌としてはもとより一首一首独立したものであるが、春歌上下を読むと、同時にそれは春の全体ともなっているのである。部分は部分であるとともに、全体に対して、緊密な、また有機的な関係を持って、全体を完全なものとしているのである。(中略)その展開の緊密さは、連作と見れば見られもする程度である。

この部分と全体との関係は、恋の歌にも現れている。五巻を割いている恋の歌ではあるが、通読すると、さながらに一組の男女の恋愛物語を読むがごとき展開を持たせている。すなわち名に聞いてまだ見ぬ時の憧れに始まり、その恋の成るまで、成っての後に破れて恨みに終るまでというように展開させ、その間の心情を曲《つぶ》さに、くわしく示しているのである。

和歌集の部立《ぶだて》は、すでに万葉集にあるものである。その後の詩集にもあるので、そのいずれをも参考としての事であろう。しかし、いうがように部分と全体とを緊密に関係させる事は、まさに古今和歌集の創意であって、他には類例のないものである。これは上にいった、時の推移という一面に力点を置く新歌風の、当然の延長であって、同じ精神の現われと解すべきものと思われる。

(三)古今和歌集の和歌を通覧して、第一の、人事と自然の渾融、第二の、事象を時の推移の上に浮かべて大観する傾向と並んで、それらにも劣らず、最も際立って感じられる今一つの特色がある。それは理知的な事である。

古今和歌集の歌人は、人事としては、生活上で何らかの傷心事に遭遇する場合には、その事に省察を加え、その由って来たる所を突きとめなければいられない心を持っている。(中略)さらに自然に対しても、同じ心を延長させて、自然の美を感じた場合にも、その美しく感じる事に理由を求めて、分解し、解剖して、その間に理路を求めようとしている。これは一二の人のしている事ではなく、時代より時代へとわたって、すべての人のしている事なのである。この傾向は万葉集にはほとんどなくて、古今和歌集に至って創められているものである。その意識的にしていると見える所から、まさに古今和歌集の一つの特色とすべきものである。

(四)第一の根本のものは何かというと、古今和歌集を貫き流れている享楽、耽美の精神で、この精神の現われがすなわち古今和歌集なのである。

(中略)こうした世界観、人生観を、古今和歌集の歌人は何から得て来たのであろうか。(中略)そういうものは宗教より外にはなく、そしてこの思想はまさしく仏教の教理である。

(中略)古今和歌集の和歌を見ると、当時の歌人の総ての、生活上のいわゆる指導精神となっていた事がわかる。もしこれがなかったならば、今日見る所の古今和歌集の歌風はなかったものと思われる。

古今和歌集の歌風には、支那の詩文の影響しているものが多いだろうと想像されている。しかしその想像は誤りで、たとい影響があるにもせよ、それは案外に少ないもので、反対に甚大の影響を及ぼしているもの

は、仏教であったと言える。（中略）

古今和歌集の和歌は、これを裏面から見ると、平安朝初頭より撰集時代に至るまでの百余年間の治世が生んだ、享楽、耽美の心と、これを表面から見ると、氏族制度から来る深刻なる失意不平を忘れようとして、仏教の教理を生活上の指導精神とした、その二つの心の混合したものの反映である。まさに時代の生んだものである。

以上のように、『古今集』の歌人たちの和歌に共通して見られる傾向、すなわち、自然と人事の重層・渾融・一体化、一切の歌材を時間的変化の中で捉え表現すること、理知的で分解的な発想・表現、低温で柔軟で曲線的、そして流麗な調べなどの特質を析出し、その上で、王朝貴族社会の享楽的・耽美的志向と、生活指導原理となった仏教的な教理とが、これらに根本的な影響を及ぼしていることを、ダイナミックに明快に論じたのである。これらの特質について、和歌の例をいくつかあげながら、それぞれ説明を加えているが、こうした論述は、評釈の【評】の部分を吸収して成ったものであり、評釈の成果の精髄であると言えよう。

中でも、『古今集』の和歌において、事象を時間的推移の上で捉える方法と、自然と人事の渾融がすべてにあるという指摘は、古典和歌研究において極めて重要であり、『古今集』以降、明治前期までの千年にわたって、古典和歌が本質的に有している性格である。後者については、掛詞・序詞・縁語・見立てなどの古典和歌のレトリックも、すべてこの自然と人事の二重性に深く結びついている。そして、前者の、事象を永遠の時の流れの上に浮かべ、その「時の推移」を見ることが発想の根本にあるという把握は、実に重要な指摘である。事象の流転・衰亡への視線と、はかなくうつろうものへの共感が、すべての根底にあることを示唆しており、こうした世界観・美意識がなければ、和歌だけではなく、これ以降の『源氏物語』など多くの日本文学作品は生まれなかったかもしれないし、全く別の姿になっていたかもしれないのである。

また(一〇)で述べられている『古今集』の配列については、『古今余材抄』の契沖が主題別に類聚していることを指摘しているなど、従来いくつかの視点はあったが、四季、恋などの和歌の配列の根本に「時の推移」があることは、勅撰和歌集の研究において画期的な発見であった。このような配列意識は勅撰和歌集二十一集すべてに通貫しており、この後、風巻景次郎、松田武夫ほかの研究においてさらに精密に分析され、発展していくこととなる。空穂のこの指摘は、現在に至るまでの勅撰集配列研究の基盤となるものであった。

ただし(一四)で、空穂は漢詩文の影響は少ないと述べるが、その後、漢詩文と和歌の研究は大きく進展し、漢詩文の影響力は広く深く内在していたことが明らかにされている。

近代において低く評価されがちであった『古今集』は、その特質が摑みにくいものであることも影響して、その優雅で端正な姿が把えられていなかった。それを成し遂げたのが空穂である。空穂は、坪内逍遙の講義によって学んだテーヌの文学史論から大きな影響を受け、文学作品を民族、環境、時代の中において考える方法を身につけたが、それが空穂の評釈の中でも最も鮮やかに実を結んだのは、この『古今和歌集評釈』ではないだろうか。

岩波書店の日本古典大系『古今和歌集』(一九五八年)の校注を行った佐伯梅友は、この本の校注に、空穂の『古今和歌集評釈』のおかげを蒙ることが極めて大きかったこと、その後刊行された新訂版(一九六〇年)を旧版と読み比べてみて、こまかな所まで訂正が施されていることに驚いたことを述べている(「古今和歌集評釈(新訂版)」「窪田空穂全集月報7」第七巻付録、一九六五年十月)。七五・八四頁の図版の原稿も、新訂版の本文とは少し異同がある。

昭和十年(一九三五)~十二年という時期に、評釈から帰納的に導き出されたこの論の先見性、その論旨の重要性は、実に際やかである。もちろん現在の研究水準から見れば検証不足の部分もないとは言えない。しかし全体として、空穂が提示した『古今集』の本質、およびそこを基点とする王朝和歌の特質の把握は、現在も古典和歌研究の基盤にあると言っても過言ではない。

『万葉集』から『古今集』へ

前掲の「古今和歌集概説」と内容的には重なるものだが、昭和三十五年(一九六〇)に書かれた「新版の序」(『全集』第二十巻)から、一部を掲げる。主張自体は「古今和歌集概説」と変わっていないが、ここでは端的にまとめられ、わかりやすく解説されている。

和歌の本来は恋の歌であった。和歌といい、恋の歌というよりも、恋の意思表示をする律語的形式を持った詞であったのである。(中略)すなわち和歌は、結婚とは不可分の関係をもっており、これなくしては結婚は成立しかねたのである。その意味では和歌は実用品で、文芸品ではなく、文芸以前のものだったのである。(中略)万葉集・古今和歌集所収の和歌の、その半数以上が恋の歌であることによって知られる。この事は、和歌を存続せしめた最大の理由と思われる。(中略)

万葉集の恋の歌(相聞)は、大体、事をいい、心をいったもので、実用を離れない単純なものであるが、古今和歌集時代になると、心をいうだけでは満足せず、恋の気分をもいおうとするようになった。美しく、幽かに、しめやかな訴えをするようになった。完全に文芸化された文芸品となったのである。表現が微細に、複雑になって来ると、従来の短小な形式には盛りきれなくなって来た。それを克服しようとして発見された技法は、自然の景観を捉えて、それに托して、婉曲な訴え方をするという表現技法であった。（中略）

この、恋の歌と四季の歌とを近接させ、また融合させた表現技法は、古今和歌集の新たに産んだもので、従って古今和歌集の和歌を新風たらしめた一つの条件である。この事は、単にそれだけに止まってはいない。万葉集には、いわゆる自然詠がはなはだ少なく、雑歌、相聞、挽歌の三部立の中の、その雑の歌の一部をなしているに過ぎないのに、古今和歌集に至ると、一躍、恋歌と匹敵しうる大部立となっている。（中略）

以上を要約すると、古今和歌集は、これを前代の万葉集に比較すると、万葉集はほとんど全部人事詠であるのに、古今和歌集はその三分の一を自然詠としている。また万葉集は、その前期は古来の神道の信仰の上に立っているのに、古今和歌集は仏教の人生観を我がものとして身につけ、その角度から人生自然を見ている。さらにこれを表現技法の上から比較すると、万葉集は瞬間の印象を主とし、それを事そのものを叙するか、またそれより得る感動を、事に即しつつ叙するかのいずれかであるが、古今和歌集は、対象の昇華としての心、あるいは気分を叙そうとしているので、従ってその内容は、微細な、複雑なものとなっているのである。これを短小な和歌形式のうちに盛ろうとするところから、自然の景観を、譬喩的に、進んでは象徴的に用い、あるいは理知化し、あるいは時の推移の上に浮かべて見る手法を用いて、短小な和歌形式に、比較的複雑な内容を、無理なく、破綻なく、具象化して盛りおおせているのである。古今和歌集の文芸性は、主としてこの表現技法の上にあるのである。

空穂の以上のような和歌史の記述は、『万葉集』と『古今集』以降の平安和歌との間にある深い断層について、わかりやすく説明している。『万葉集』は空間に力点を置き、時間の方は短く切り縮めて一瞬間の印象にとどめ、空間の方は如実にしようとする、と指摘している。たとえば次のような歌をあげよう。

石ばしるたるみの上の早蕨のもえいづる春になりにけるかも　（『万葉集』巻八・一四一八・志貴皇子《しきのみこ》）

一瞬の空間を捉えて鮮やかに歌い上げる『万葉集』に対して、『古今集』は、こよなく愛された桜にしても、満開の桜を詠む歌はほとんどなく、大半が散る桜であり、時の流れの上に浮かべて、春が過ぎゆく時間を惜しみ、はかなく散り果てていく桜に人間世界の衰亡を重ねつつ、自然と人事を一体化し、象徴的、理知的に再構成して詠む。感動した対象そのものではなく、感動させられた自己の心を、集団の美的観念を通して歌うのである。

桜花散りぬる風のなごりには水なき空に波ぞ立ちける　（『古今集』春下・八九・紀貫之）

花の色はうつりにけりないたづらに我が身世にふるながめせしまに　（同・一一三・小野小町）

現在の和歌文学研究の学会においては、なぜか研究自体も『万葉集』と『古今集』の間には断層があり、分断されている面も多い。空穂のこの論は、『万葉集』の評釈を終えた後に書かれており、『万葉集』を熟知した上での論なので、ざっくりとしているようだが、興味深い示唆を含む。

また、和歌が実用品から文芸品へと変わっていったという空穂の主張は、確かにその通りであり、大きく言えば、和歌史的には実用性から文芸性へと変化していった。ただこの点だけを取り出すと、和歌の実用性がなくなっていったかのようにも聞こえてしまうが、そうではないということは強調しておきたい。平安・鎌倉期も、中世以降も、宮廷貴族社会・支配階級や文化教養層において、和歌は心情を伝え教養をあらわす機能を持ち続け、恋愛、結婚、挨拶、哀傷、祝賀、風雅などのコミュニケーションにおいて、常に必須のものであり、その文芸性はともかく、社会生活での実用性は失われず、近代以降にも残っていたのである。

春の歌の評釈から

空穂はどのような評釈を施しているのか。直接『古今和歌集評釈』をご覧いただきたいが、ここでは巻二（春下）から一首だけ引用しよう。前頁に掲げた貫之の歌について、【題意】と【語釈】は省き、【釈】と【評】を掲げる。この歌には【評　又】は書かれていない。なお掲出した図版の原稿は新訂版で少し改稿されており、異同がある。

亭子院の歌合の歌　　　　　　　　つらゆき

（八九）桜花散りぬる風のなごりには水なき空に波ぞ立ちける

【釈】桜花の散ってしまった後の風の、そのなごりとしては、水のない空に、風によって吹き運ばれた桜花が白く、余波さながらであることよ。

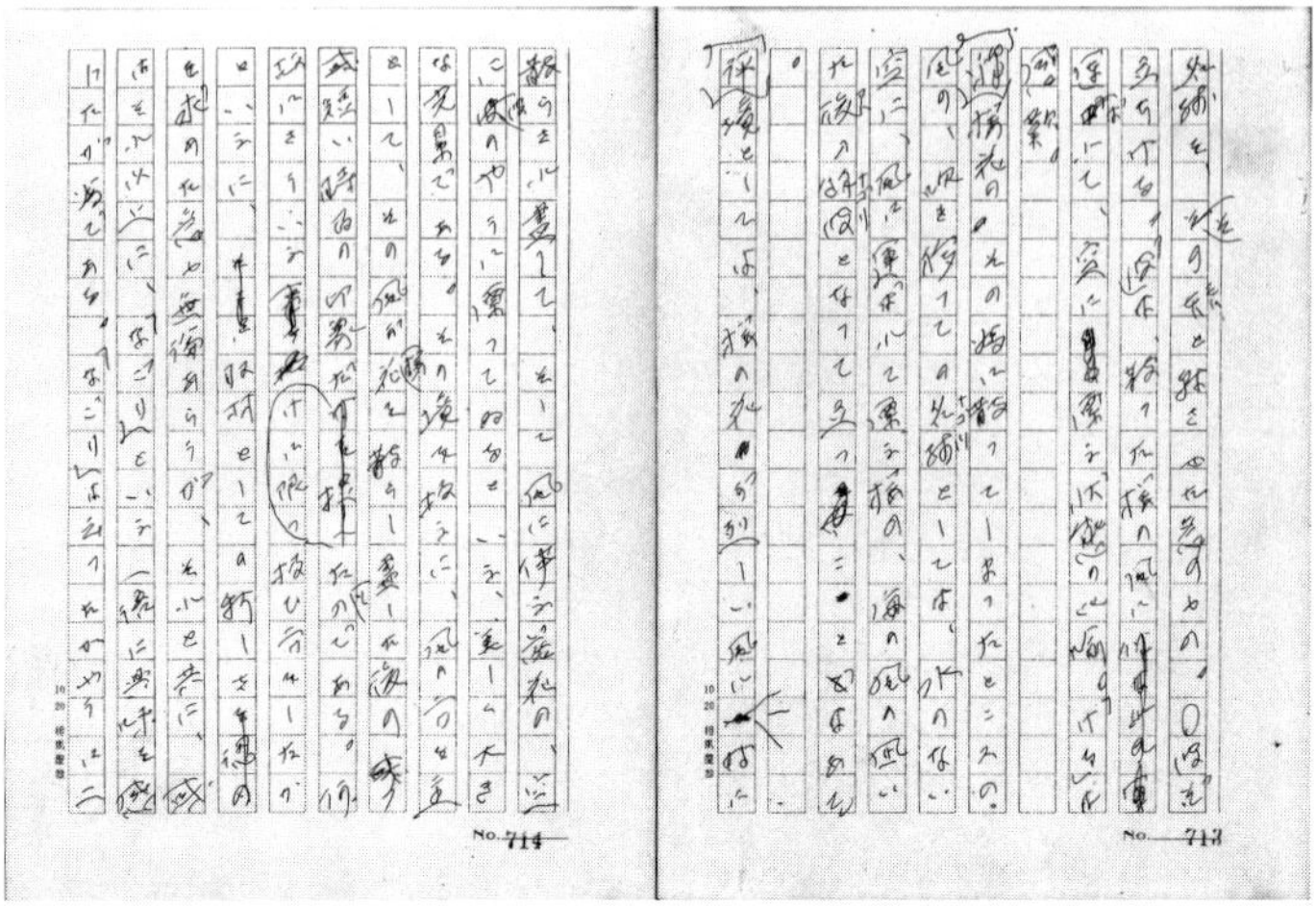

図 11　早稲田大学図書館蔵『古今和歌集評釈』原稿 713・714

【評】境としては、桜の花が烈しい風に一時に散らされ尽して、そして風に伴なう落花の、空に波のように漂っているという、美しく大きな光景である。その境を扱うのに、風の方を主として、その風が桜花を散らし尽した後のある短い時間の印象だけに限ったものである。何故にそういう扱い方をしたかというに、取材としての新しさを求めた意もむろんあろうが、それとともに、あるいはそれ以上に、「なごり」という一語に興味を感じたがためである。「なごり」は、いったがように二義を持たせて、上の句では、桜を散らし尽した時を風の盛んな時とし、花を包んで吹き移った時を「名残《なごり》」としたのである。下の句では、その花を「波」に喩え、同時に風の凪いだ事も思わせて、その「波」を「余波《なごり》」の意のものとしたのである。すなわち「なごり」という一語を中心に、一つの光景を分解し、また綜合するという、極めて複雑なことをしているのである。全体として、心は耽美的なものであるが、態度は理知的で、また単語に極度の興味を持っているところは、漢詩を連想させるものがある。この当時の新風として、その意味での誇を感じていた作だろうと思われる。

空穂は、「なごり」が二つの意味をもつと指摘し、「名残」と、本来の意味の「余波」(風によって海に立つ波が、風が止んでもなお残ること)の両義であることを【語釈】で説明している。花を散らせた風の「名残」として、水のない天空に花びらの「余波」が立つという、幻想的で流動する風景、そこに残る落花の気配・ゆらめきを映し出した、美しく理知的な歌であり、貫之の円熟期の秀歌である。「なごり」がこの歌のキーワードであるということは実に重要な指摘であり、上句の実像と下句の幻像とを繋いでいる。空穂の【評】は、まるで寸鉄を打ち込むようにして、この歌の作意を説明し得ている。

また空穂は、「なごり」を中心に一つの光景を分解しまた総合するという複雑な営為がある、と説明しているが、こうした説明にこそ、空穂の作歌経験・短歌批評に基づく深い洞察と分析があると強く感じるところである。

自然・人事の渾融からの展開

空穂の「古今和歌集概説」から、少し独特の解釈をしているものを引用する。春下(九一)の歌である。

春の歌とてよめる　良岑宗貞《よしみねのむねさだ》

花の色は霞にこめて見せずとも香をだに盗め春の山風

良岑宗貞は、僧正遍昭《へんじょう》の在俗の名で、いわゆる六歌仙時代のものである。心は、山桜の霞隠れに咲いているのを見やって、その美しさをゆかしんだものである。この当時の人はこの歌を読むと、いわれている所の山桜を思うと同時に、それにも優って人事を連想した事だろうと思われる。人事というのは、桜は身分高い家の娘で、霞は、その娘をたやすくは男に許すまいと守っている母で、「香をだに盗め」と命じられた山風は、娘に心を寄せている男とその娘の間に立って、恋の歌の使をする女房である。この事は、この当時の生活にあっては普通の事だったからである。作者はこの和歌に、「春の歌とてよめる」と題している。古今和歌集の撰者も、これを春の歌と認めて、「春歌」の部に入れている。しかし、もしこの和歌の題を変えて、「恋の歌とてよめる」としたならば、この和歌は疑いもなくそれとなり得るものである。

「花」を身分高い家の娘、「霞」は隔てようとする母、「山風」が恋の使いをする女房、という擬人的な捉え方である。これは、空穂の前に金子元臣『古今和歌集評釈』がしているのだが、空穂はそれをほぼ肯定している。同様の捉え方は、「春の夜の闇はあやなし梅の花色こそ見えね香やは隠るる」（春上・四一・凡河内躬恒《おおしこうちのみつね》）の歌に対しても見える。空穂は【評】で次のように述べている。

二様の意味の感じられる歌である。表面的には、春の夜の闇に包まれて梅の花の姿は目に見えないが、漂って来る花の香は、いわゆる「暗香浮動」の状態で、はっきりと感じられて、隠している闇をかいなきものにしている、というのである。（中略）しかし当時の人には、この歌は、一読すると同時に、裏面に隠されている意味も連想されるものであったろうと思われる。（中略）求婚する男は、母に遮られて、そのために悩むことが常で、これは男という男に共通した悩みだったのである。この歌の「春の夜の闇」はその母で、「あやなし」は、反感をもっての冷語であり、「梅の花」は、監督されている娘、「色こそみえね」は、娘の隠されている状態、「香やは隠るる」は、娘のもつ魅力で、男を諦めさせないものである。この裏面の意味は、緊密な、徹底的なもので、譬喩を超えたものであり、独立して一首の歌となり得るものである。まさに二様の意味を持ち得ているのである。

以上のように、景物について、男が恋する女とその周囲の人々に擬人的に重ねたものだと踏み込んで読み取る解釈は、自然と人事（恋）を極度まで渾融させ発展させたものであり、空穂の評釈や論に散見される。ただし今日の注釈書では、あまりみられない。

さらに空穂は、「古今集の歌で、霞を隔てての桜を扱ってある歌は、その作者が男であるかぎり、殆どすべて、その桜によって女性を連想している」（「伊勢物語とその作者」一九三一年、『全集』第九巻）とも言っている。かなり大胆な見方だが、もしそうなら、広い意味で、和歌表現のジェンダーということになり、興味深い問題へ発展しそうである。

物語の作中和歌を見ると、確かにこのようにして景物を恋などの人事に転換するようにして結びつけていく歌や、叙景の裏側に恋などの心情を二重写しにする歌が多い。それは物語歌に独自の、自然から人事へ発展的に連関させていく行為なのか、あるいはもともと、『古今集』で「春の歌」と詞書にあっても、そうした人事的ニュアンスを含んでいたのか。空穂の主張のように、後者の可能性もあるかもしれないとも思われるのだが、それには詳しい検証が必要であろう。今後の問題としておきたい。

一般性と特殊性

先に、空穂による、実用性から文芸性へという流れの主張について触れた。関連してもう一つ触れるべき論は、「短歌における一般性と特殊性との関係」(一九三一年、『全集』第九巻)である。歌における一般性と特殊性は表裏一体のもので、両方が含まれているが、短歌は根本として一般性をねらいとしている。しかしその消長は時代精神と密接に関係し、和歌は、万葉時代は一般性よりも特殊性が勝り、平安時代は一般性のみのものとなってほとんど特殊性を認めないものとなり、鎌倉時代以降は方法は異なるが基本的にはその踏襲で、中には特殊性の歌の歌人もいる。江戸時代は特殊性を揚げて一般性を抑えた時代であり、明治時代は短歌革新を経て、特殊性の時代である。こうしたことが説かれている。また『新古今和歌集評釈』(東京堂、一九三二年)の「序」(『全集』第二十二巻)では、「勅撰集の歌は、これを内容の上から見れば、一般性を旨としたもので、特殊性、今日いふところの個性をいはうとしたものではない。これは勅撰集の第一のものである古今集がさうしたもので、後のものは、その古今集を範としたところから、おのづからさうならざるを得なかつたのである」と述べている。

現在では少しわかりにくい言葉だが、「短歌における一般性と特殊性との関係」などを参考に解釈すれば、「一般性」とは、一人の心であり同時に万人の心でもある普遍性をもつ「心」であり、その時代に共有される美意識に基づく感動・心情として歌にあらわされ、それは時代・風土の基調的な精神・思想などの文化史的把握により判明する。「特殊性」とは個人個人がもっている「心」、いわゆる個性で、時代や歴史の差もありつつ歌人の個性となるものだが、その時の指導者の考え方や志向される歌風などが「特殊性」に反映される。

歌は、本質的に一般性を持ったその時代の生活気分をねらいとしているので、一定の時代の歌には諸作品を統一させている生活気分があり、その生活気分に食い入る基調的な精神（思想）がある。また、本来民衆芸術であるところから少数の指導者の時代的な指導精神も少なからぬ役割を荷っている。ここに、「不変の人間性」に根ざしながらも、時代と指導者とによる「歴史的存在」としての特殊性が認められることになるが、その特殊性は、時に、その作品を現代人にとって直接的なものでも親しいものでもなくすることになる。

（「短歌講話」『短歌講座』第二巻、改造社、一九三一年）

こうした考え方は、歌論・短歌本質論へと展開し、三大歌集の評釈と並行しながら確立されていき、空穂独自の和歌史観を示すようになっていく。

『新古今和歌集評釈』

昭和七年（一九三二）～八年に、空穂は『新古今和歌集評釈』上巻・下巻（東京堂）を刊行した。これは全釈ではなく、『尾張の家苞《いえづと》』（石原正明《いしはらまさあきら》、一八一九年）にならって新古今時代の歌人の歌に限定し（全体の約半数）、評釈を施したもので、いわば選釈である。当初は「上巻」とも銘打たず、一冊だけのつもりで四季の六巻分だけを刊行したが、愛読者が多く、残りの十四巻分を評釈して「下巻」として刊行したという。半数とはいえ、各歌に詳細な評釈が施され、上巻は約五五〇頁、下巻は約七五〇頁に及ぶ。これは前述のように『古今和歌集評釈』に先立つものなので、【語釈】【釈】【評】【評　又】という形式は『新古今和歌集評釈』が初めてである。

その後、『完本新古今和歌集評釈』上中下の三巻が、昭和三十九年(一九六四)〜四十年に東京堂から刊行された。(3)新古今歌人以外も含めて全歌に評釈が施されるとともに、前の評釈にかなりの加筆・訂正がなされ、短く簡潔になっている部分もある。また【題意】が加えられた。けれども基本においては変わってはいない。現在では空穂の評釈としては『完本新古今和歌集評釈』を用いるのが普通である。しかし中世和歌研究者の松野陽一は、選釈である『新古今和歌集評釈』の方を評価し愛着をもっているとも言う。(4)

『完本新古今和歌集評釈』は、現在も『新古今集』の注釈書の一つとして読まれ、長きにわたり評価の高い注釈である。たとえば、久保田淳『新古今和歌集全注釈』一〜六(角川学芸出版、二〇一一〜一二年)は、現在の『新古今集』注釈の到達点を示すものであるが、そこでしばしば引用されていることからも、このことは窺えよう。

空穂は早稲田大学で『新古今集』を講じていたが、当時『新古今集』は一般に知られておらず、東京堂の編集者ですら知らなかったと、後年述べている。

この当時の読書界では、古典和歌といえばひとり万葉だけで、古今は古典和歌集の圏内のものと目《もく》されていたが、新古今集は読むにたらざる集として、圏外のものとされていたのである。私が『新古今和歌集評釈』を著したのを見て、釈迢空が「変なことをする人だと思った」と評していられたことを、私に伝えた者があった。わが国の古典に精通し、権威者のごとく思われていた人でさえ、新古今集というものはそのように思われてい

たのである。（「私の履歴書」『全集』別冊）

現在では、古典和歌の流れにおいて『新古今集』が一つの頂点であるとみなされている。その『新古今集』が、「読むにたらざる集」と思われて読書界では圏外のものとされていた中で、空穂は『新古今集』に高い価値を認め、新古今歌人たちについて、「せめては彼らの枯骨に水をそそぐだけのことはしたい。私はさう思つて『評釈』のペンを取り上げたのであつた。そしてひそかに、その心の幾分だけは果し得たのではないかと思つてゐる」（「『新古今評釈』について」一九三六年、『全集』第六巻）と言っている。空穂は評釈という形をもって、正当な評価を与えようとした。

なお空穂は、選釈である『新古今和歌集評釈』以前に、昭和二年（一九二七）～五年に『国文学』に十九回、同七年に『槻の木』に五回の『新古今集』の評釈を連載しており、それをもとに『新古今和歌集評釈』（一九三二～三三年）を執筆した。このことは、松野陽一の論（注（4）参照）に詳しい。

当時の国文学界における『新古今集』研究状況について、少し説明を加えておきたい。空穂の言葉に「読書界」とあるように、空穂は常に一般インテリ層を読者対象として意識しているため、「新古今集は読むにたらざる集として、圏外のものとされていた」と言ったのであろう。しかし国文学研究の世界においては、『新古今集』はこの頃いくつかテクスト（本文）と選釈が刊行されている状況であった。近代における注釈書としては、まず『新古今和歌集詳解』（塩井《しおい》正男《まさお》著・大町芳衛《おおまちよしえ》補、明治書院、一九二五年）があり、これは明治三十年（一八九七）の塩井による初版を、塩井の没後、大町芳衛（桂月《けいげつ》）が縮約補訂したもので、【語解】【意解】を付した全歌注釈である。また選釈としては、空穂以前に、佐佐木信綱の『新古今集選釈』(明治書院、一九二三年)など、小さいながらいくつかの選釈・抄注がある。また、「変なことをする人だと思った」と言ったと伝えられる釈迢空(折口信夫)は、『隠岐本新古今和歌集』(三《みつ》矢《や》重松《しげまつ》・折口信夫・武田《たけだ》祐吉《ゆうきち》、岡書院、一九二七年)を刊行しており、冒頭で「新古今集及び隠岐本の文学史価値」という長い論を書いている。この本は柳瀬本を底本とし、書陵部蔵合点本・烏丸本・武田本その他と対校しており、文献的研究、また新古今歌壇研究として、長く学術的価値を有したものである。また注はないが、岩波文庫『新古今和歌集』(佐佐木信綱校訂、一九二九年)も刊行され、「緒言」で「和歌の歴史を通観するに、光輝かしい黄金時代は、前に万葉集時代、後に新古今集時代がある」と冒頭で述べられている。また空穂の評釈と相前後して、石田《いしだ》吉貞《よしさだ》『新古今和歌集註釈』上下(大同館書店、一九三二〜三四年)が出版されている。(5)

確かにこれらは、空穂の評釈の如く、新古今和歌一首ごとの評釈とその価値批評から『新古今集』の歌風を正面から論じているとはいえないかもしれないが、この頃に注釈・研究が全くなかったわけではなく、むしろ盛り上がる機運があったのではないか。そこに空穂の評釈は大きな刺戟を与えた。ちょうどこの頃から、武田祐吉、風巻景次郎、小島吉雄、安田章生、後藤重郎らによって『新古今集』の研究と注釈はめざましく発展していく。峯村文人は、空穂の『新古今和歌集評釈』に触れたことが『新古今集』研究に入る大きな契機になった、と述べている(「『新古今和歌集評釈』の出現」「窪田空穂全集月報16」第二十二巻付録、一九六六年七月)。また小島吉雄、池田弥三郎、安田章生、山崎敏夫らも、それぞれに『新古今和歌集評釈』を耽読した思い出などについて語っている。

『新古今和歌集評釈』の特徴

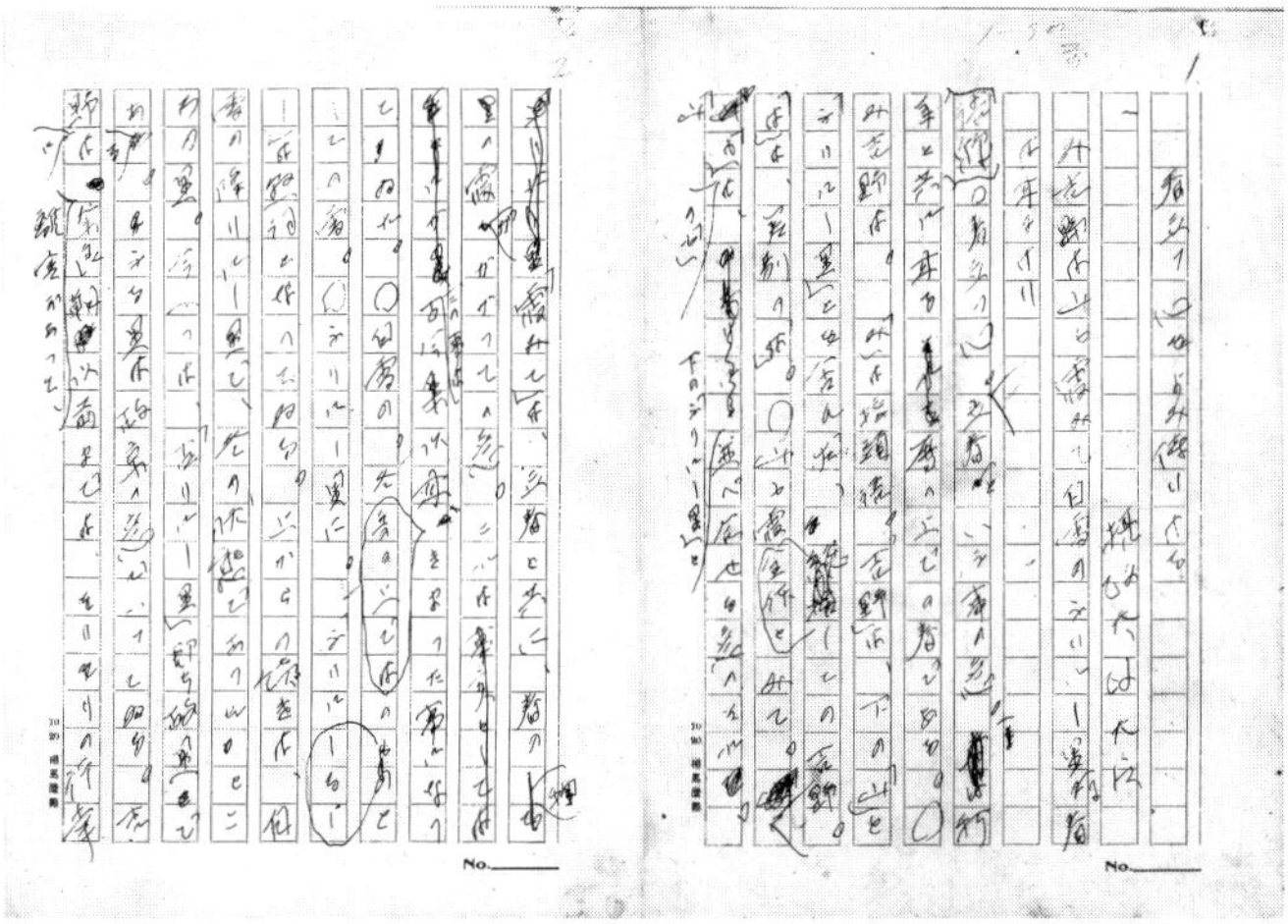

図 12　早稲田大学図書館蔵『新古今和歌集評釈』原稿 1・2

空穂が評釈するにあたって参考として選んだ注釈書は、江戸時代の北村季吟の『八代集抄』、本居宣長の『美濃の家苞』（一七九一年）、石原正明の『尾張の家苞』、そして『尾張の家苞』に多く依拠した『新古今和歌集詳解』であった。これらに空穂は『古今集』の時と同様に不満をもち、『新古今集』の注釈書は少ない上、その和歌は難解であり、またその歌風がいかなるものであるか知られていない、古い注釈書は粗く、誤解も多い、もっと読みやすくわかりやすい注釈書が必要であると思った、と述べている（『新古今和歌集評釈』「序」）。

そして空穂の評釈の要である【評】について、「註者の評は、この当時の共通の詩情が、それぞれの歌に如何に現れてゐるかを見ようとする心をもつてしたものである」（同）と述べており、また「【評】ではその歌に鑑賞・批評を加えた。これを一項にすることは、これがなくては作者の意図しているところが読者に伝わりかねようと思われる不安から、控えめにしつつも書き添えたのである」（『完本新古今和歌集評釈』「序」）と述べている。このことをきちんと言うために、【評　又】をあげてそれを軸にして論じたのは、空穂の見識であろう。

空穂の『新古今集』の評釈は、詠歌理念から同時代性・共通性を析出して、その歌の作意を捉えようとする。新古今時代の理念として「艶」と「あはれ」を中核におき、一貫して、その歌がどのように「艶」と「あはれ」を表現化し顕現しているかを【評】で述べていくもので、そこに新古今歌風を把握しようとする。つまり、新古今時代の当代における評価の基準として「艶」と「あはれ」があると考えて、これを中心軸として『新古今集』に共通して流れる詩情と表現方法を把握しようとした。そこでは新古今歌壇を導き出した歌人の一人である藤原俊成を軸にして捉える点が特徴であり、俊成歌論と交差させつつ把握していく、独自の個性的な評釈となっている。

前にも引用したが、「勅撰集の歌は、これを内容の上から見れば、一般性を旨としたもので、特殊性、今日いふところの個性をいはうとしたものではない」(『新古今和歌集評釈』上巻「序」)と言う空穂の『新古今集』把握がある。空穂は『新古今集』には歌人たちの個性を見て取るべきではなく、背後に共通して流れている俊成の指導精神が重要であると考えた。評釈が書き進められていく中で、この「艶」と「あはれ」という共通の詩情が一首の歌にどのように認められるかについて、【評】で具体的に指摘することが多い。「艶」と「あはれ」について、空穂は色々な言い方で説明しているが(九七頁参照)、その考えに基づいて、たとえば式子内親王《しょくしないしんのう》の「山深み春とも知らぬ松の戸にたえだえかかる雪の玉水」(春上・三)について、【評】で次のように述べている。

【評】　山深いあたりの家に、冬をひとりこもるということは、あわれを愛するという意味で、共通の詩情となっていた。そして、あわれに住しながらも、さすがに艶を思うということもまた、共通の詩情となっていた。

この歌はそれである。上三句は、深いあわれで、下二句は幽《かす》かなる艶で、対照しつつも一つの心にまとめてある。心は主観的であるが、表現は具象的である。「松の戸」を捉えて、一方ではわびしい山家を現わし、同時に一方では、その上に春のおとずれを聞いているなどは、具象上の巧妙を思わせられる。その「松」という語から、連想とし、余情として、しずくとなる雪の、松の上のものであることを思わせるに至っては、むしろ巧みにすぎるともいえる。しかしその巧妙は品《ひん》を伴ったもので、いささかの卑しさをもってはいない。

一方で、この方法は『新古今集』の和歌全体を考えることを窮屈にしている面もあるかもしれない。俊成が当時の歌壇の指導者であったことは疑いないが、俊成から定家《ていか》への継承、新風和歌の確立と深化、そして歌壇を支配した帝王後鳥羽院《ごとばいん》の存在が極めて大きい。彼らの和歌観も同一とは言えず、さらには専門歌人ではない多数の歌詠む人々が参集したのが新古今歌壇であった。新古今和歌の志向・特質にはいくつもの糸が流れていると捉えたほうがよいであろう。とはいえ、空穂の『新古今集』の評釈自体は、緻密で分析的な記述によって歌一首の作意と構造を鋭く読み解くものであり、今日も極めて高い学問的意義を有している。

俊成論とともに展開

空穂の『新古今集』評釈と藤原俊成研究の同時並行性については、俊成研究の第一人者である松野陽一の「窪田空穂「新古今和歌集評釈」の成立過程」(6)が詳細に論じている。その内容を簡単に述べる松野陽一のエッセイ(7)をあげておく。

「老いの艶」といったのは窪田空穂だったと記憶するが、その空穂の「評釈」の代表作『新古今和歌集評釈』は、昭和初年の「槻の木」に連載された一、二次稿、昭和七、九年の新古今時代の歌人だけを対象にした『選釈』(東京堂)の三次稿、昭和三十九、四十年の、古歌を含めて全歌を扱った『全釈』(同。「全集」〈角川版〉には小さな異同がある)の四つの段階があるが、その四期に並行して、俊成歌論の研究が四編書かれている。その理解の深化が『評釈』の進展と照応、相関しているという論を嘗て書いたことがある。

空穂の俊成歌論の論文がこの評釈執筆中に書かれており、それが評釈の進行と照応、相関しているという。空穂の『新古今集』評釈と俊成についてては、この松野論が最も詳細で信頼すべき論であり、あげられている問題点も明快である。

『古来風体抄』についての空穂の評

藤原俊成の歌論『古来風体抄』(一一九七年成立)について、空穂は「藤原俊成の歌論——主として艶と幽玄と本歌取とにつきて」(一九三二年、『全集』第十巻)と「藤原俊成の歌学——その現代的示唆」(一九四六年、同)を著し、ほか二編でも言及している。断片的になるが、少し引用する。

• 花紅葉の色香といふのは、その物であると共に、人の心その物であつて、その間に差別はなく、本来一体なのである。いひかへると、花紅葉とは言ふが、心の産むところの物であつて、これは心それ自体とも言へる物だといふのである。　（「藤原俊成の歌学」）

●彼のいふところを更に言ひかへると、仏教でいふところの物心一如といふことに似てゐる。心であつて同時に物である。物ではあるが同時に心だといふことになる。　（「藤原俊成の歌論」）

●彼は、それは素材のものではなく、心のものだとしたのである。そしてその心の、実際に即しての具象化が即ち歌だとしたのである。　（同）

●「艶」とは美である。もしそこに特色を認めようとすれば、美の気分化されたものであり、更に言へば、心その物の姿である。取材となつた物或は事が、その心にふさわしく流動の相を持つてゐるといふことである。「あはれ」は、上にも触れたが如く極めて範囲の広い語であつて、如何やうにも解せるものである。（中略）美と共に人を動かすものは悲哀である。（中略）その意味で、「あはれ」とは悲哀の意であらうと解する。俊成の歌学の、その作歌の上に現れた実際を見ると、彼は悲哀を心の実相とし、その環境の、悲哀の限りなくつづいてゐるものを一体とし、それを取材の主体としようとしたのではないかと思はれる。

（「藤原俊成の歌学」）

自然の美、すなわち「艶」は、外在的なものではなく、心そのものであり、物と心とは一体であるが、実際に即しての具象化が歌であり、仏教の「物心一如」であるというのが俊成の主張であると、空穂は説明する。ところで、空穂が俊成を評して、こんなことを言っているのが面白い。

俊成といふ人は、感性の面は鋭敏な人で、和歌の善悪を見分ける面の如きは甚だ鋭敏で、尖鋭ともいへる人であるが、知性の面はそれに比して甚しく劣つてをり、自身の感性に依つて捉へた物に解剖を加へ、これを論理的に整理するといふ如きことは全然出来なかつた人と見える。（中略）『古来風体抄』にあつてもそれと同様であつて、彼は最初より結論を言つてゐる形で、それに当然伴ふべきはずの論理的説明は全然なく、僅かの説明を添へて、専ら実例によつて証明しようとしてゐるのである。これが此の書の難解な理由の第二である。

（同）

なるほど俊成には、そういうところがあるかとも思えてくる。けれども空穂の俊成論もわかりやすいとは言えず、論の中では時に飛躍もあってわかりにくいが、決して空穂の知性が劣っているとは思われず、もともと中世歌論というのはそうしたものなのであろう。

空穂の俊成論は、『古来風体抄』研究の礎となって高い評価を受け、さらに田中裕、藤平春男、渡部泰明、そのほかの研究者により『古来風体抄』研究がさまざまに展開されている。

俊成と空穂の交響

第二章に引用した『短歌』所載の座談会「空穂を大いに語り合う」（二〇一七年六月）で、俊成歌と空穂歌との関わりについて、参加者たちが口々に述べている。俊成の「またや見む交野のみのの桜狩花の雪散る春の曙」（『新古今集』春下・一一四）と空穂の「桜花ひとときに散るありさまを見てゐるごときおもひといはむ」（『清明の節』春暖）をあげ、「友達みたいなんです。答歌なんですよ、正に」（馬場あき子）と言い、「見ているんじゃないですよね。「見てゐるごとき」だから、そこにあるのではなくて、心象を模している。空穂が積み重ねてきたものですね」（内藤明）と指摘されている。また「俊成を念頭に置くと晩年の空穂の世界がよく分かりますね」（米川千嘉子）、「空穂という人は学を衒ったり、アカデミックな権威をすごく嫌がったでしょ。でも俊成がインターテクストなんだよね。元があって、本歌取りのようであるわけね」（島田修三）など、興味深い発言が続いている。

確かに、先に掲げたような、『古来風体抄』を読み解く空穂の言を読むと、俊成と空穂との、時空を超えたような交歓があるように感じられる。そして不思議にその人生の軌跡のありようにも重なるものがあるようだ。彼らはまだ若い頃に父を喪い、養子に出たりして苦労を重ね、愛妻を喪った時には多くの哀傷歌を詠み、不遇な時もあったが生涯自分の道を貫いた。後半生には歌壇や周囲の人々から敬愛される存在となり、自身の詠歌も晩年にさらに円熟の境地に至った。長く生きて、俊成は九十一歳で逝去したが、奇しくも、空穂も九十一歳で没したのである。

なお、空穂はこのように俊成を重要視しており、また西行や実朝《さねとも》の歌も好んで、西行論、実朝論を書いている。しかし、良経《よしつね》、後鳥羽院、家隆《いえたか》、俊成卿女など、新古今時代を担った新風歌人たちについては、評釈の中ではその歌について記述するが、特に取り上げた論もない。定家については「藤原定家について」（『全集』第七巻）という短いエッセイがあり、鮮やかで端的な定家像を描いているが、特に好んでいたということではないようだ。式子内親王については、「跡もなき庭の浅茅に結ぼほれ露の底なる松虫の声」（『新古今集』秋下・四七四）を分析的に解説する文章がある（「平安朝名歌鑑賞」『短歌講座』第三巻、一九三一年、『全集』第十巻）。

『完本新古今和歌集評釈』から式子内親王の歌を読む

『新古今集』の空穂の評釈から、別の式子内親王の歌を一首、取り上げよう（『全集』第二十三巻）。

待恋といへる心を　　　　式子内親王

君待つと閨へも入らぬ槙の戸にいたくな更けそ山の端の月　　　　（恋三・一二〇四）

この歌の、空穂の【釈】と【評】を掲げる。

【釈】　君を待つとて、閨へもはいらずにいる槙の戸に、はなはだしくふけてくれるな、山の端の月よ。

【評】　情景は艶で、表現はしめやかで、内親王のおおらかな一面を思わせる魅力ある歌である。槙の戸を細めにあけて、そこにいる品《しな》高き女性と、山を離れた宵月の、その戸にさしている影が、宛として浮かぶ感がある。

源氏物語の明石の巻で、源氏が入道の娘の館《やかた》に通いはじめた夜、源氏の眼をとおして見たその館の槙の戸を連想させるものがある。内親王の作意にそれがつながっているのではなかろうか。

『源氏物語』の明石巻には、八月十三夜、明石入道は娘の住むところを磨き立て、源氏に「あたら夜の」という文を送り、娘のところを訪れてほしいという意を伝えた。源氏は「夜ふかして出たまふ」とあり、娘のいる邸は

「心細く住みたるさま」というひっそりとした風情であった。そして「前栽どもに虫の声を尽くしたり。ここかしこのありさまなどご覧ず。娘住ませたるかたは、心ことに磨きて、月入れたる真木の戸口、けしきばかりおしあけたり。うちやすらひ、何かとのたまふにも（後略）」とある。

この空穂の【評】に注目したのは、久保田淳『新古今和歌集全注釈』四（角川学芸出版、二〇一二年）であり、「この指摘は鋭い。（中略）内親王には、この物語の心をかすめたと見られる作が他にも存する。この場合も、『源氏物語』の影を認めてよいであろう。『定家十体』では「有一節様」の歌とされている」と述べている。

久保田淳の指摘のように、空穂の見解は肯定すべきと思う。式子内親王の『源氏物語』への深い理解や歌への摂取、「待恋」の女の立場、『源氏物語』に描かれる情景との近さ、またこの歌が『新古今集』の撰者名注記によれば、定家、家隆、有家《ありいえ》、雅経《まさつね》の四人から選ばれていること、式子内親王の歌に多くみられる巧緻な表現性などから、ここに『源氏物語』の影を読み取る空穂の見解は、その通りであると思われる。これ以前も以後も、この歌と『源氏物語』との関係について指摘する注釈は、空穂と久保田淳を除いてみられず、古注にもみられないようだ。

ところで、この『源氏物語』からの影響を指摘する記述は、空穂の『新古今和歌集評釈』下（一九三三年）にはない。これがあらわれるのは『完本新古今和歌集評釈』中（一九六四年）であり、当該歌の【評】も大幅に書き直されて、それが『全集』第二十三巻に踏襲されている。そこで想起されるのは、この間に、空穂による『源氏物語』の現代語訳がなされていることである。空穂の『源氏物語』については拙稿で別に述べ[8]、一一六頁でも言及しているが、空穂は、昭和十一年（一九三六）、同十四〜十八年、二十二〜二十四年の三回にわたり『源氏物語』の現代語訳を行い、そのたびに改訂・加筆している。『新古今和歌集評釈』と『完本新古今和歌集評釈』の間に、ちょうどこの三度の『源氏物語』現代語訳があることがわかる。『完本新古今和歌集評釈』には、この『源氏物語』の熟読が生かされたに違いない。総索引もデータベースもない時代、空穂のように古代から中世、近世まで、多くの作品を読みつくした研究者にこそ可能なことであった(9)。

『万葉集評釈』

『万葉集』については少しだけ触れる。『古今和歌集評釈』のところで空穂の『万葉集』論を引用したが(八〇頁参照)、ここでは空穂がその最晩年において、若い時から生涯にわたって続けた『万葉集』研究、好んでいた人麿について、一般向けに述べている言葉を引用する。

万葉集の歌の面白さは、だれにも解るように人は言う。しかし、私の体験からいうとそうは思えない。多少なりとも万葉集を読んでいる人は、柿本人麿の歌は隣人の歌のように思っているらしい。人麿の歌の深さが解ってきたのは、私には古いことではない。彼の一切の人事を、永遠の時と、永遠性を持った処の上に泛《うか》べて、人事の推移の哀れさ、はかなさを感じさせる力、また、人事より感受する実感と印象を描いて、推移の哀れさを具象化する力、すなわち縦の時と、横の空間とを一体とすること、さらに進んでは、現実と想像とが同じものとなり、現実がただちに幻影に、幻影がただちに現実となってくる点など、追随してゆくに困難を感じさせる微妙さは、私は繰り返し多読したあげく、ようやくうかがい知るをうるようになったのである。万葉集の研究はその字義にある、その一字に尽きるという学者がある。最古の古典であるから、当然そうあるべきであるが、その方面は、その事自体の歴史が編めるほど積み重ねられて、現在では万葉集の字義は、多くを読まずしてほぼ理解のできる域にきている。しかし万葉集は文芸書である。文芸書の生死は鑑賞、評論にある。その方面も、いくらあってもいいはずであるが比較的少ない。字義は先人に恩恵をこうむり、鑑賞方面の乏しきをおぎなう心をもって、『万葉集評釈』を書こうかという心を抱くようになった。大戦争は深まり、学徒出陣の日がきた。（中略）その席に列していた私は、出陣の学徒に代わって、勉強して『万葉集評釈』を書こうと決意した。生きて還りくる者も多かろう。それら学生のためにも、万葉集の本質の把《つか》みやすい書を著しておこうと決意したのであった。

（「私の履歴書」『全集』別冊）

この決意のもとで、太平洋戦争のさなか、昭和十八年（一九四三）『万葉集評釈』第一巻を東京堂から刊行した。空穂の『万葉集』評釈・研究の集大成となるものである。この頃の空穂については、「戦火に追われて、参看すべき書籍にも乏しく、ただ気力だけで書きあげたもの」[(10)]と描写されている。戦後も継続して刊行、昭和二十七年に第十二巻をもって完結した。

この『万葉集評釈』では、「貴重なる古典を、単に架上のものにとどめず、これを胸中のものとしようとするには、この価値批評を通さなければならない」（『万葉集評釈』「序」『全集』第十三巻）と述べる。『古今和歌集評釈』では、前述のように「価値批評」を加えることはしなかったと明言しているのに対して、七年後の『万葉集評釈』では、困難さを承知しつつも、「文芸と観ての価値批評」を積極的に行おうという姿勢を示しており、その点では異なっている。それは、三十年以上にわたって『万葉集』に取り組み、『古今集』『新古今集』をはじめとする数々の作品を評釈し、上代から近世までの和歌と時代性とを深く洞察してきた、空穂なればこその「価値批評」であろう。一方、『古今集』『新古今集』の場合も同じであるが、『万葉集』の文献的研究には、後に参照はしているもののさほど興味を示していない。近代におけるその『万葉集』研究に大きな役割を果たしたのは佐佐木信綱であるが、注釈においては空穂の功績は非常に大きい。空穂の『万葉集評釈』は、『古今和歌集評釈』『新古今和歌集評釈』と同じように、今でも使われている。

空穂の『万葉集』研究の推移や『万葉集評釈』の達成などについては、諸氏の研究があるので、それをご参照いただきたい(11)。

空穂の「評釈」の意義

三大歌集の評釈が歌人空穂によってなされたものであることについて、当時においても歌人による評釈ということで「直感的」とされたり、帝大を中心とする学問的な研究とは別のもののように考えられたりした場合もあるようだ。また、現代における、作家や詩人による鑑賞・批評と同じもののように思われている場合もあるだろう。しかし空穂の評釈は、ごく初期のものは別としても、早稲田大学着任以降に書かれたものは学問的なものであり、歌人の直感・感性とか歌人による深い鑑賞と位置づけるべきではない。

藤平春男は、空穂の評釈は歌人による鑑賞ではないと、色々な言葉できっぱりと否定している。たとえば、「空穂の評釈類を印象批評であり、歌人としての作歌信念の表白のみであるかの如く評するのは、大局的にふまえられた日本文化の骨髄とその時代的変遷の潜むものの指摘を見のがしているのである(12)」と述べる。また中西進も『万葉集評釈』について同様のことを述べていて、「氏が歌人でもあるということにおいて、最も不幸なのは読者であろう。歌人の見方とか、学者の見方とかいう奇妙な言葉が、世上にある。学者の著述は学者以外の何物の著述でもない。学術書は学術書として、良ければ良く悪ければ悪いだけの話だ。そして窪田万葉は学界に聳えているのである」(「窪田万葉の頌」「窪田空穂全集月報13」第十四巻付録、一九六六年四月)と言う。

空穂は、和歌の評釈には文化史的な把握が重要であると言っているが、別の言葉では、作者が集団人の一人として、いかなる精神に支持されて、どのような生活態度をとり、どういう刺戟と感動を持ち、いかなる必然性に駆られて、いかなる手法をもってその歌を詠んでいるか、を辿るのが価値批評・価値評価であり、それが評釈であるというようなことを繰り返し言っている。明快な説明であるが、私なりに言い換えれば、空穂の評釈は、その時代の文化・思想・社会などの背景をふまえて復元的に思考し、どのような精神・美意識が流れる基盤のもとに、なぜこのような歌がこの時に生まれたのか、その歌人コミュニティで共有されていたものは何か、その歌の詠作意図(作意)と方法は何か、和歌としての表現的達成はどこにあるか等を考究するものである。これは現在の和歌文学研究と重なり合う。

その際に、空穂の作歌と短歌批評の行為が、特に後者の批評の修練が益したに違いない。しかし方法としては、詠作行為をその時代に戻して本質を把握しようとする、分析的・総合的な思考による考究であり、学問的な姿勢に立つ注釈であることは言を俟たない。

それを空穂は、浅くはないが、わかりやすい言葉で届けようとした。『新古今和歌集評釈』の時、「執筆の態度は、学力としては高等学校程度として、それらの人に解り、それ以上大学の人、また学校以外の人でも、和歌を愛好し関心を持っている人をも首肯《うなず》かせうる、浅くないものにしたい」(「私の履歴書」『全集』別冊)と述べており、専門研究者・学生だけではなく、広く一般層をも対象としたことを明言している。

一方、空穂は文献学の研究とはかなり距離があった。この頃は色々な作品において文献的研究が進展して、校本などができていった時代であるが、そうした潮流には興味を持たなかったようだ。たとえば『新古今和歌集評釈』(一九三二年)の頃、すでに『新古今集』の文献的研究は進展しつつあったが、底本すら明記されていない。『完本新古今和歌集評釈』(一九六四年)の方には、本文は「日本古典全書」の『新古今和歌集』(朝日新聞社)、撰者名注記と隠岐記号は「日本古典文学大系」によった、とある。『古今和歌集評釈』(一九三五・三七年)は、「藤村作《ふじむらつくる》氏の「古今和歌集」を参照して引いた」と記し、昭和三十五年(一九六〇)の新訂版でもそのままとし、他の作品でもほぼ同様の簡便な方法を取っている。空穂は諸本研究、文献学・書誌学には無関心と言ってもよいほどであり、空穂自身、文献的研究と文芸的研究とがあるが自分は後者であると言っている。

一人の研究者が『万葉集』『古今集』『新古今集』すべての評釈を行った意義の大きさは、単に、メジャーな歌集を三つとも評釈したのは偉業であるということに留まるものではない。『万葉集』から『古今集』、そして『新古今集』まで、和歌史上、継承されたものもあるが、大きな表現的屈折点や断層もある。それも含めて、その和歌表現の流れが具体的に通史的に把握された、ということになる。古典の研究として、和歌一首一首の表現の当時における作意と価値を明らかにするには、その時代の「生活気分」、背景の歴史・風土・思想を把握しなければならないと空穂は考え、そうした文化史的把握を重視した。具体的にはたとえば、前述のように『古今集』の評釈で、王朝貴族社会における享楽的・耽美的志向と、生活の精神的な柱である仏教的な教理・無常観とが、『古今集』和歌において万物を時間的変化・衰滅の視点で見ること、かつ自然と人事を重層させて捉えることの背後にある、と探り当てた例などである。こうした文化史的把握は、一首ごとの「評釈」を基盤に、普遍性を獲得していき、空穂の和歌史観、短歌本質観を形成しながら、やがて和歌史の多くを覆うものとなっていくのである。

（1）鈴木健一『古典注釈入門――歴史と技法』（岩波現代全書、二〇一四年）。

（2）金子元臣『古今和歌集評釈』（明治書院、一九〇八年、昭和新版は一九二七年）をさす。空穂は『古今和歌集評釈』の【評　又】に入れている。近代以降の初めての詳細な『古今集』注釈書であり、空穂までは他にはみられない。

（3）『全集』第二十二～二十四巻所収。『全集』でのタイトルは「新古今和歌集評釈」となっているが、内容は『完本新古今和歌集評釈』に多少の補訂を加えたものである。

（4）松野陽一『鳥帚――千載集時代和歌の研究』（風間書房、一九九五年）。

（5）これは後に全面的に補訂されて『新古今和歌集全註解』（有精堂、一九六〇年）となった。【釈】と【註】から成るが、記述は簡潔である。

（6）松野陽一『鳥帚――千載集時代和歌の研究』所収。初出は「「新古今和歌集評釈」について」（『国文学研究』第三十七集、一九六八年三月）。

（7）松野陽一「老いの艶――俊成と空穂」（『わせだ国文ニュース』第八十五号、二〇〇六年十一月）。

（8）田渕句美子「窪田空穂による『源氏物語』の和歌注釈――与謝野晶子との対照性」『和歌史の中世から近世へ』（花鳥社、二〇二〇年）。

（9）『源氏物語』のこの傍線を付した一節について、空穂は「源氏と新古今」（『槻の木』一九三七年二月、『全集』第八巻）という文章で書いている。この一節は、『源氏物語』の古注釈『花鳥余情』（一条兼良）と『湖月抄』（北村季吟）に「定家が絶讃した」記述があると指摘し、これは「捉へては言ひ難い美しさ」であり、「「有心」の延長され、極致となつたところの一種の気分」「いわゆる艶の気分化された、藤原定家の云つてゐる所の「妖艶」その物ではないのか」と述べ、さらに式子内親王の歌を引用し、「「明石」の此の一句を、仮りに本歌取の心をもつてその心に置き、明石上の後日の心を詠まうと思つたならば、正にかうした歌が出来よう」と述べている。昭和十二年は、空穂がこの明石巻までの現代語訳を行った直後である。『源氏物語』の読みから、『新古今集』式子内親王歌の『源氏物語』取りの指摘へと至ったことが明らかである。

(10) 山路平四郎「空穂の出発点と古典研究」(『国文学研究』第三十七集、一九六八年三月)。

(11) 橋本達雄や内藤明の諸論など。巻末の参考文献参照。

(12) 藤平春男「窪田空穂の和歌史研究と歌論」(『短歌現代』第十六巻第十号、一九九二年十月)。この論は『藤平春男全集』第五巻には収められていない。

第四章　「評釈」の可能性と拡がり——注釈と近代国文学研究

平安文学の評釈・現代語訳

六六頁にも記したが、空穂は早稲田大学着任以前、『伊勢物語』『枕草子』『源氏物語』など、散文作品について多く書いている。少し遡って、空穂の散文作品の評釈・現代語訳について、次に見ていこう。

最初の散文作品の「評釈」は、『評釈伊勢物語』（一九一二年）であった。おそらく小説家としての経験が、物語・随筆などへの関心を喚起した点があるとみられる。『評釈伊勢物語』『枕草紙評釈』（前半のみで中絶、一九一六年）『源氏物語』（一九一四年）のほか、『徒然草評釈』（未刊）も著している。

空穂の『新古今集』『古今集』『万葉集』の評釈、俊成歌論、近世和歌の評釈・歌論などについては、いくつかの論文で論じられており、高く評価されている。それに対して、空穂の『伊勢物語』『枕草子』の評釈や『源氏物語』現代語訳、作品論、作者論などについて、取り上げる論は非常に少ない。しかし空穂は、これら散文作品についても晩年まで関心を持ち続けて、繰り返し論じたり、現代語訳したりしている。

たとえば『枕草子』については、古典について書くようになった初期の頃から、「枕草子と清少納言」（一九一二年）「清少納言論」（一九一四年）『奈良朝及平安朝文学講話』（一九一五年）『枕草紙評釈』「枕草子研究——随筆家としての清少納言」（一九二八年）などを著している。清少納言については一二八頁でも少し触れるが、村井順「空穂の枕草子研究」(『国文学研究』第三十七集、一九六八年三月)は、空穂による、『枕草子』の好色性の指摘、清少納言が宮仕え以前に子供をもったという推測、定子失意の時代について書かないことの強調、跋文を重視することに先鞭をつけた点などを高く評価した。

空穂のこれらの仕事を見ると、体系的に書くという構想は見出せない。作品個々の作意は論じているが、平安・鎌倉文学史という流れを考えるという意図はみられず、たとえば『枕草子』以外の日記文学には興味を示していない。少々言葉は悪いが、次々に興味を抱いたものについて書き散らしているような印象である。とはいえ、そこには現在でも示唆的な指摘が多く含まれている。ではまず『伊勢物語』について述べよう。

『評釈伊勢物語』と四十年後の『伊勢物語評釈』

空穂は早くに「小話集としての伊勢物語」(『文章世界』一九一〇年十一月)を発表、そこで『伊勢物語』の短編集としての魅力を語り、歌集のようにもみられてきた『伊勢物語』観を批判して、物語・短編集としての普遍的な特色と価値を見出したのである。

そして二年後、明治四十五年(一九一二)六月に『評釈伊勢物語』(中興館書店、『全集』第二十五巻)を刊行した。小説の執筆に専念している頃である。本文に続き、【釈】【評】という形式をとっており、【語釈】はまだない。この【評】は、文芸的価値について自由な批評をしており、後年の文化史的把握・分析的な記述とは異なる。短編小説作家が『伊勢物語』を虚心坦懐に読んだ時、一種の心理小説であると感じ、その面白さを見出した嗅覚や感動が、そのまま反映されているように思う。後年になって空穂は、『評釈伊勢物語』について、「この本は自慢のできるもの」(空穂談話XII「伊勢、枕の評釈など」「窪田空穂全集月報24」第十九巻付録、一九六七年三月)と珍しく自讃している。

四十年余り後、空穂は『伊勢物語評釈』(東京堂、一九五五年、『全集』第二十六巻)を刊行する。内容を全面的に改訂し、【評】は概して短くなっている。また形式も、【語釈】【釈】【評】という空穂評釈のスタンダードな形で記される。

空穂は、二度目の『伊勢物語』の評釈をするにあたり、前著の明治四十五年の頃を振り返って、このように述べている。

明治四十五年頃には、当時の有力な文芸雑誌の上で、我が国の古典に触れての言説は、殆ど見懸けたことがなかつた。問題は一に欧州文芸の摂取であつて、それに忙殺されてゐる頃であり、我が古典は問題の外のものとされ、それで事は足るとしてゐたやうであつた。(中略)

伊勢物語には、定説ともいふべきものが付き纏つてゐた。それは、この書は作歌の参考書であり、短歌が如何なる心の所産で、如何なる場合に如何に詠むべきものであるかを示してゐる上では、前後に類のない良書だといふことであつた。(中略)

その当時私は、イギリス訳を通じてヨーロッパ大陸の短篇小説を読み耽つてゐた。(中略)例の作歌の参考書であると思つてゐた伊勢物語を今一たび読み返してみると、従来とは全く面目を一変して、短篇小説集に見えてきたのである。一段一段、すべて心理の推移をねらひとした小説である。その表現は、飽くまで客観描写で、簡潔を極めたものであり、余意余情の豊かなものであつて、此の点はヨーロッパの小説を遙に凌駕したものである。

(「伊勢物語序説」一九四七年四月、『全集』第九巻)

四十年を経て、評釈の記述に違いはあるものの、空穂の基本的な『伊勢物語』観は変わってはいない。そして空穂はここで、このように言う。

我が古典の研究は、いはゆる国文学者に一任すべきものではない。素人の手によつて仕直すべきものである。私は何の蓄ふるところもない者であるが、此の書が短篇小説集であることを考証しよう。さう思つて著したのがその時の『評釈伊勢物語』だつたのである。（同）

ここには空穂のスタンスが端的に示されているようで、興味深い言である。古典の研究を、国文学者の手にまかせるのではなく、「素人」としてその作品の本質を見極めることをめざしたことが知られる。読者対象も一般の読者・知識人においていたとみられる。

昭和三十年（一九五五）の『伊勢物語評釈』の「概観」では、ここに至るまで空穂が繰り返し論じてきた平安和歌・平安文学研究を反映して、和歌の社会的機能、社会情勢、和歌史的な流れも説きながら、『伊勢物語』の成立、意図、作者像、創作方法などについて、詳しく論じている。そこでは歌物語として『伊勢物語』を捉え直し、その意図は「あはれさの美しさ」を具象化し、高揚しようとすることだという見方が述べられている。

また、『評釈伊勢物語』では流布本を用いていたが、『伊勢物語評釈』では、池田亀鑑の『伊勢物語に就きての研究』上下（大岡山書店、一九三三〜三四年）の成果をふまえて、藤原定家校訂の天福本を用いている。

この頃の『伊勢物語』研究の流れと、空穂の『伊勢物語』評釈の意義について、今井卓爾が論じているので、一部それによりながら、まとめておこう。藤岡作太郎《ふじおかさくたろう》は『国文学全史　平安朝篇』(一九〇五年)の中で『伊勢物語』を大きく取り上げ、論文などにもこの物語への関心を示したものがあらわれてきていた。その中で、空穂が早く明治四十三年(一九一〇)に『伊勢物語』の短編小説集としての特質を明快に論じた。池田亀鑑の『伊勢物語に就きての研究』は研究史上大きな節目といえるが、空穂の注釈研究は、伝本研究とは異なる立場でその後も続けられ、『伊勢物語評釈』を昭和三十年に刊行した。この頃『伊勢物語』への関心の高まりを示すものが相次いであらわれており、昭和三十二年(一九五七)には岩波書店から日本古典文学大系『竹取物語　伊勢物語　大和物語』(『伊勢物語』は大津有一・築島裕校注)が刊行されている。その後、現在に至るまでの、片桐洋一、山本登朗らをはじめとする研究者による『伊勢物語』研究の活況については、言うまでもない。

「指導的精神」への注目

ところで空穂は、「源氏物語の作意の中心をなすもの」(一九四八年、『全集』第九巻)の中で、『伊勢物語』の読者についてこのように書いている。

伊勢物語は、いふところの物のあはれを昂揚し、宣伝しようとした物で、その取材より観ると、予想した読者は、上流階級の男子であつて、女子は、一、二の例外を除くと、計算に加へられてゐなかつたことが明らかである。

対象読者が男性であるということは、この後の『伊勢物語評釈』(一九五五年)では言っていないので、空穂はこの説はひっこめたようである(作者が男性であることは言っている)。確かに『伊勢物語』の対象読者が男性であるとは、必ずしも言えない。しかし、当時の社会において、文学に指導的精神があり、物語が教育的テクストであるという捉え方は、極めて重要な指摘であると思う。空穂は『伊勢物語』に関してこのようにも言っている。

この物語の作者は、「物のあはれ」といふことを、生活上最も尊重すべき理念であるとして、各段すべてそれに絡ませ、その線によつて物語を構成してゐる。この理念を高揚し、これを社会指導の精神としようとしたと思はれる。(中略)

我が国の文芸には、此の指導精神といふものが、付き纏つて永く離れずにゐた。上代にあつては社会生活の必要より、中古には生活を向上させる目的より、中世には仏教流布の目的より、近世では漢文学の教化主義を是認するところよりといふ風に、絶えず付き纏つて来たのである。そこから離れたのは、明治時代ヨーロッパ文芸を取入れてからのことであつて、これは文芸は方便ではなく目的であるとの意見の上に立つてのことなのである。

(「伊勢物語序説」一九四七年四月、『全集』第九巻)

大まかな言い方であるが、重要な問題提起である。古典において、説話文学、お伽草子、仏教文学はもちろん、和歌、物語、随筆、軍記、日記文学など、古典文学作品の多くは、この「指導精神」つまり教育的意図を含むテクストという性格から、大きく離れることはないのではないか。こうした把握は、読者層が拡大した近世文学以降では広く認知されているが、中世以前の作品については、現在さほど重点が置かれているとは言えない。けれども日本文学史を貫く教育性・教訓性は、さらに大きく広く捉え直されるべきではないだろうか。空穂はこの特質をここで端的に指摘し、『源氏物語』についても同様のことを述べている（一二五頁参照）。

空穂の『源氏物語』現代語訳

空穂の第一詩歌集『まひる野』（一九〇五年）に、このような一首がある。

細く洩りし灯影消えたる真夜中を弦鳴《ゆづる》らしぬ木《こ》の昏《く》れの院

これは『源氏物語』の夕顔巻の某院の場面を詠んだものである。この歌の風景は、光、闇、音が交錯する物語の場を浮かび上がらせ、繊細な表現が美しい。この歌について、空穂は後にこのような自注を書いている。

紫式部の筆力は、この一段を描く時、その冴えを尽くしている。この歌がぽっと詠めたというのは、その筆力に魅せられ、昂奮させられていたからである。（中略）それにやや得意を感じたのは、物の怪のことの終わった直後の一瞬時の情景を、純客観的に、距離を置いて捉え得たことである。（「自歌自釈」『全集』別冊）

この歌を詠んだ時、空穂はまだ二十代である。空穂は『源氏物語』の中でも夕顔巻を好み、そのことを「『源氏物語』の優れた一巻」(『文章世界』一九一〇年十一月、『全集』第九巻)に書いていて、「夕顔は五十帖に余る中でも、確かに優れた一帖である」と述べている。

その後、空穂は三度にわたって『源氏物語』の現代語訳を行っている。

①昭和十一年(一九三六)『現代語訳源氏物語』上。非凡閣刊。全三巻(上中下)のうち空穂は上巻(桐壺~明石巻)を担当。(2)「現代語訳国文学全集」第四巻。

②昭和十四年(一九三九)~十八年　改造文庫『現代語訳源氏物語』一~八。改造社刊。戦局悪化により、柏木巻までで中絶。

③昭和二十二年(一九四七)~二十四年『現代語訳源氏物語』一~八。改造社刊。完訳版で全八巻。『全集』第二十七・二十八巻。

③の空穂の『源氏物語』現代語訳は、『全集』に収められているものの、現在は単行本で出版されておらず、あまり一般的には知られていない。けれども空穂の現代語訳は、原文に忠実で、わかりやすく端的な表現の日本語でありつつ、原文の香気が匂い立つように感じられる。秋山虔の言葉を引いておこう。(3)③の完訳版について次のように評している。

私はいつか、さまざまの源氏物語の訳本をそろえるようになったけれども、空穂先生の現代語訳にもっともなじんだことをしあわせに思っている。（中略）まさになじむに値する第一等の名訳であるにほかならないからである。（中略）空穂先生の全訳は、さきの島津先生（田渕注：島津久基）の評されたごとく、きわめて卓越するものであるといわねばならない。それは源氏物語の原文にまことに忠実な訳文である。原文からはなれて訳者の趣味な主観や心情の混入することのない、きわめて抑制的な訳文であるが、さればとてそれは原文の理解に資するための補助的な訳解なのでは決してない。ここには同時に原文から自立する典正高雅な文体が保有される。ことばとことばが緊張的に張りあい、ひびきあい、独特の快適な旋律を内在させつつ進行するのである。

この『源氏物語』は評釈ではなく、現代語訳であるが、簡略ながら注も付され、空穂の研究者としての知見が縦横に行き渡り、学的にも充実したものである。さらに、凝縮されている中に音楽的な流れがあるように感じられ、そこには歌人・短編小説作家としての鍛錬が、文体に映し出されているようだ。そして重要なこととして、和歌に関する解釈と知見は、簡略に記されているが、『古今集』の評釈・研究などの成果の上に成っており、本質を外さず、特筆すべきものであると思う。それは与謝野晶子の『源氏物語』とは、種々の点で対照的な性格をもっている。空穂の『源氏物語』の和歌の現代語訳、および与謝野晶子の『源氏物語』との比較などについては、別稿において(4)詳述したので、そちらをご参照いただきたいが、ここで少しだけ述べておこう。

空穂による『源氏物語』和歌の訳注

空穂の『源氏物語』現代語訳は、昭和十一年（一九三六）から同二十四年に刊行されたものであるが、大正から昭和初めにかけて、『源氏物語』の注釈・現代語訳は陸続と刊行された。当時のこれらの『源氏物語』の注釈・現代語訳を見ると、和歌の訳注を記さなかったものは、教科書的なものを除いて、基本的にはみられない。

空穂の『現代語訳源氏物語』では、原文の和歌を掲げ、そのあとに歌意を記し、別に語注を付している。簡明であるが訳注といえるものである。『現代語訳源氏物語』の「例言」(『全集』第二十七巻)に、「源氏物語には、実に多くの歌があり、その歌はその当時にあっては重大なるものだったのである。作者も心して詠んでいる。これは訳しがたいものであるが、その意味を歌のあとに書いた」とあるように、作中和歌の訳注を重視している。

ここでは一カ所だけ、空穂による和歌の訳注を取り上げよう(同)。槿(朝顔)巻に、光源氏と、彼が長年思いを訴える前斎院(朝顔姫君)との贈答歌がある。

見し折のつゆ忘られぬ朝顔の花の盛りは過ぎやしぬらむ　(光源氏)
秋はてて霧の籬にむすぼほれあるかなきかにうつる朝顔　(前斎院)

光源氏の「見し折の……」という贈歌の解釈が問題である。通行の注釈書は「朝顔の花の盛りは過ぎやしぬらむ」が、姫君に対してその容貌の衰えを暗に言うものであるとし、それが通説となっている。たとえば新日本古典文学大系『源氏物語 二』(岩波書店)では、「かつて見た時のことが少しも忘れられない朝顔の花の盛り――あなたの盛りの美しさはもう過ぎてしまっているだろうか、の意」としており、他の注釈書も同様の解釈をしている。しかしその解釈では非常に無礼な物言いとなることが、時に問題ともされる部分である。

この歌については、さらに別の論文（田渕句美子「『源氏物語』の贈答歌試論――六条御息所・朝顔斎院・玉鬘など」『早稲田大学大学院教育学研究科紀要』二十九、二〇一九年三月）で論じたので、詳細はそちらもご覧いただきたいのだが、通説は否定すべきであるという結論に至っている。その概略のみ述べると、この「朝顔」は姫君の容貌を言うものではないし、まして、かつて逢瀬があったとか、姫君の朝の顔を見る機会があったと解釈するのも誤りであると考えられる。朝顔姫君は、前斎院という高い社会的地位をもつ高貴の女性であり、このような無礼な問いかけをしたり、あるいは一部の注釈で言われるような、かつて情交があったかのように言いなす不躾な戯れを言うはずがないのである。そして朝顔姫君は、不快感や拒否・反発をはっきり示す女性であるが、返歌や地の文ではそうした姫君の不快感は全く書かれていない。特に重要なのは、「朝顔」という歌語は、この歌のように「露」とともに詠まれる場合は、はかなさを表わして無常を表象する表現であることである。「見し折のつゆ忘られぬ朝顔」は、以前逢瀬をもち姫君の朝の顔を見たことを言うものではない。あくまでも景としての朝顔の花であり、かつて源氏が姫君の邸でそこに咲く朝顔の花を見て、それを奉るような場面があったのではないかとも想像される。源氏の歌は、「かつて（あなたの邸にうかがった折に）ご一緒に見た朝顔の花の美しさは、今も忘れられません。（今、あなたの邸の）朝顔はもうその盛りが過ぎてしまったでしょうか」と解釈すべきであると思われる。さらに、下句の「花の盛りは過ぎやしぬらむ」も、姫君の容貌とは無関係と考えるべきである。この表現は平安期の和歌では基本的に、景物の花の盛りが過ぎたことを純粋に惜しむ心を詠むものである。女の容貌が衰えたことは「色」が「うつろふ」等と言うのが普通であり、それも女が自身に言うものであって、男が女に向かって言う表現ではない。贈答歌で女が自分を「うつる」「ふる」と言っても、男は返歌で決してそれに同調したりしないのである。まして源氏の方からそうした無礼なことを言うはずがない。和歌において「花の盛りは過ぎやしぬらむ」は基本的に懐旧の表現であり、それは二人の間に流れた長い歳月、過ぎ去った青春、世の変化への哀惜の心情をあらわすとみられる。

では空穂はこの歌にどのような注釈をしているだろうか。空穂の訳注を掲げる。

【訳】見たおりの、少しも忘れられない槿の花の、あの盛りの美しさは、過ぎ去ったことでしょうか。

【注】「露」は槿の縁語。槿花に寄せて、世の哀れをいったもの。

空穂は、朝顔姫君の容貌の衰え等のことは全く述べていない。同じ頃の注釈書では、金子元臣『定本源氏物語新解』（明治書院、一九二五～三〇年）、谷崎潤一郎《たにざきじゅんいちろう》の「旧訳」と呼ばれる最初の訳『潤一郎訳源氏物語』（中央公論社、一九三九～四一年）、日本古典全書『源氏物語』（朝日新聞社、一九四六～五四年）など、いずれも姫君の容貌の盛りが過ぎることを詠みかけたと解釈しているが、これらとは一線を画している。空穂が、端的に以上のような解釈をしているのは、空穂にとっては、説明するまでもない常識的な見方だったのではないか。私は前掲の論文で、当時の和歌の用例を調査し、くだくだしい論証を重ねて、上記の結論にたどり着いたが、空穂は、『伊勢物語』『古今集』などの注釈を経ているから、当時の歌語の使用例、貴族社会における美意識、対人関係に備わる言語感覚などを熟知しており、それをふまえた洞察から、露・朝顔に、「世の哀れをいったもの」という、おそらく空穂にとっては当然の結論を、短く記したのだと想像される。

『源氏物語』の注釈史は長く、注釈書に諸説あるのは当然だが、空穂の訳注は、一般向けの現代語訳でありながら、和歌のポイントを明示し、穏当で、しかも学術的な解釈である。当時の和歌表現や言語感覚への深い理解が随所に生きていて、簡略な訳注であるが、本質を外さないものとなっている。通行の注釈書に比べても遜色ない学的レベルのもので、一般読者をも対象にしながら、表現技法の要諦をおさえている。空穂が『古今和歌集評釈』で見出した、古典和歌の基幹的特質、自然と人事の二重性・融合性、すべての事象を永遠の時間の上に浮かべて見るという把握、その基底にある仏教思想などへの理解が、その注釈を支えていて、説得力に富む。

一方で空穂は、『源氏物語』に限らないが、文献学・諸本研究には全く興味を示していない。昭和十七年(一九四二)には池田亀鑑による『校異源氏物語』五巻が刊行されるなど、『源氏物語』の文献学的研究が進展した時期であるが、底本も記していない。こうした点が、後述するようにいわば学術的なものとみなされなかった傾向の一因となっているのかもしれない。

与謝野晶子の『源氏物語』との対照性

空穂と与謝野晶子はほぼ同年齢(空穂が一歳上)で、空穂が新詩社から離れた後も与謝野夫妻とは歌壇・文芸界で交流があり、互いに仕事ぶりを知り、批評もする間柄であった。与謝野晶子訳の『源氏物語』について、空穂はこのように評している。

与謝野晶子訳の源氏物語は、読みやすく、解りやすいものであるが、あれは紫式部が書いた源氏物語ではなく、与謝野晶子の書いた源氏物語なのである。物語としての興味さえあればよいとすると、晶子の源氏物語にも結構興味があり、晶子を重からしむる物である。しかし古典の源氏物語とはちがったものとなっているのである。

（「私の履歴書」『全集』別冊）

晶子は『源氏物語』を三度訳した（関東大震災で灰燼に帰した『源氏物語講義』は除く）。まず①『新訳源氏物語』は大正元年（一九一二）～二年の刊行で、全訳ではなく抄訳であるが、戦前まで長きにわたって増刷を重ねた。『鉄幹晶子全集』第七～八巻（勉誠出版、二〇〇二年）に収められている。この本で、晶子が『源氏物語』の原文の和歌を改変・改作・削除していることはこれまでにも指摘されており、諸氏の論がある。神野藤昭夫（「与謝野晶子が書きかえた『新訳源氏物語』」『源氏物語を書きかえる』青簡舎、二〇一八年）の調査の数字によると、『源氏物語』の和歌七九五首のうち、『新訳源氏物語』で、該当する箇所に和歌が載せられているのは一三七首であり、うち晶子が色々なレベルで改作・創作している歌が九十首に及び、『源氏物語』とほぼ同じ歌は四十七首（全体の六パーセント）しかない。このほかは晶子作の創作詩や、架空の手紙文（文語の候文）になっていたり、文章や会話の中に溶け込ませて訳されたり、全く割愛されていたりする。前掲の朝顔巻の贈答歌は二首とも載せられていない。源氏の贈歌は省かれており、朝顔姫君の返歌は「あるかなきかの朝顔の花を、わが恥しき三十路の姿によそへて給はりしにつけても悲しき心地の多くいたし候」という架空の手紙文に変えられている。この著では歌は全体に、晶子の大胆な転換によって、多かれ少なかれ異なるものとなっている。基本的に晶子は、古典和歌の基本的特質である、自然・人事を絡ませた文脈が織りなす複雑な構造を重視せず、掛詞のレトリックを無化したゆえに、『源氏物語』で、景と人とが映発し合い、時が流れて万物がはかなく消えていく哀愁、そこに映し出される人の運命の移ろいなどの多くが、歌からかき消されることになった。

二十年余り後の昭和十二年（一九三七）、晶子は②『現代語訳源氏物語』の中巻（澪標〜雲隠）を担当した。全訳ではなく、縮訳である。これは非凡閣刊「現代語訳国文学全集」の第五巻であり、前述のように上巻を空穂が担当した（一一六頁参照）。上巻では空穂は、原文の和歌と歌意をすべて記しているが、それを承けた中巻で、晶子は①の『新訳源氏物語』とは異なり、原文の和歌をそのまま載せる方針を採っている。それも紙幅の関係か、すべての和歌を載せるのではなく、一部をカットしている。この②で晶子は歌意を記さず、文中で説明することもせず、原文の和歌だけを載せている。

その一年後、全訳の③『新新訳源氏物語』（一九三八〜三九年）が刊行された。これは「日本国民文学全集」（河出書房新社）その他で繰り返し再版され、現在「与謝野源氏」と言えばこの『新新訳源氏物語』をさしている。『鉄幹晶子全集』第二十八〜三十巻（勉誠出版、二〇〇九〜二〇一〇年）に収められている。晶子は「あとがき」で、かつての『新訳源氏物語』を自ら否定し、全体に改訳したことを述べている。ここでは歌はすべて原文の和歌に戻して載せられている。晶子はここでも歌意（現代語訳）は全く記さずに、ただ和歌だけを記している。

加えて、他の平安期の日記・歴史物語でも、晶子は作中和歌の逐語訳（現代語訳）を行っていない。晶子は『新訳源氏物語』の後、『新訳栄華物語』（抄訳）、および『紫式部日記』『和泉式部日記』『蜻蛉日記』を現代語訳したが、そこでも和歌は原文のみを載せ、歌意は記していない。

この理由はわからない。和歌では訳者は退いて和歌自体に語らせたいと考えたのか、歌というものは訳すべきではないと考えていたのか、あるいは他の理由か、晶子には何か考えがあったと思われるが、晶子自身がこの点について語った言葉は残されていない。けれども物語や日記の作中和歌は単なる会話や消息ではなく、文章と互いにもつれ合う一体のものであり、文脈上も切り離せない。前述のように同時期の『源氏物語』注釈書はみな和歌の歌意を記しており、一般読者向けに口語訳した谷崎潤一郎も窪田空穂も例外ではない。けれども晶子は、何らかの理由によって、『源氏物語』和歌の現代語訳はあえて回避したのである。

以上のように、『源氏物語』の作中和歌に対して、与謝野晶子は『新訳源氏物語』で、創作者・歌人としての自分を前面に出し、古典和歌から離れて自由自在に装いを凝らし、多くを近代短歌・詩・手紙に転じて創作した。そして晩年の『新新訳源氏物語』では、すべてを原文の和歌に戻したが、いかなる訳・解釈も作中和歌に付さず、和歌を単独で掲げるのみという、前とは全く逆の方法をとった。晶子がとったこの両極端の二つの方法とは対照的に、窪田空穂は終始、研究者として古典和歌のあり方そのものを見つめ、自身が全評釈した『古今集』等の研究成果をもふまえて、淡々と作中和歌の要諦を押さえて注釈し、原文に忠実に現代語訳した。

空穂と晶子の『源氏物語』現代語訳は、これほど中身の性格が異なっているのだが、同世代の著名な歌人二人の現代語訳として、同種のものとして扱われる傾向があるようだ。たとえば明治から昭和五十八年(一九八三)までの『源氏物語』口語訳を網羅した「口語訳(付・外国語訳)一覧」(『国文学　解釈と鑑賞』一九八三年七月)は、〈一〉研究者の口語訳、〈二〉文学者の口語訳に分けて一覧するが、空穂の現代語訳は、与謝野晶子、谷崎潤一郎、円地文子とともに〈二〉に置かれている。この類の目録はいくつかあるが、空穂の『源氏物語』現代語訳を、研究者ではなく文学者(作家・歌人)の訳と位置づけるものがほとんどである。このことは空穂の『源氏物語』が、学術的な訳注として正当な評価を受けていない傾向に繋がっているのではないだろうか。

教育的テクストとしての『源氏物語』把握

空穂の論文・エッセイ等としては、早くに前掲の「源氏物語の優れた一巻」（一九一〇年）が書かれ、十五年後、「源氏物語の作家的態度と手法」（一九二五年）を著し、また十五年後に「源氏物語と幽玄」（一九四〇年）、そして「源氏物語の作意の中心をなすもの」（一九四八年）「源氏物語の理念」（一九五六年）、ほかがある（すべて『全集』第九巻）。『全集』別冊には、未発表・未完の「源氏物語における民間信仰としての物の怪と夢」が収められている。長年にわたり『源氏物語』は空穂の興味の対象であった。空穂の米寿の賀宴のスピーチでも、『源氏物語』について語っていたという（窪田章一郎「解題」『全集』第二十八巻）。

これらの空穂の『源氏物語』論のうち、『現代語訳源氏物語』（完訳版）の執筆中に書かれた、「源氏物語の作意の中心をなすもの」が、重要な論であると思われる。空穂は『源氏物語』が、貴族社会の女性が必要とする覚悟と事柄を全面的に指導する書であり、あらゆる年齢の女子に対して書かれたものであると、きっぱりと断じている。いかにも空穂らしい本質的な視点での作品把握であり、この考え方は、以後の空穂の『源氏物語』論にも通底している。ではこの論から引用しよう。

作者のこの物語の作意の中心は、それぞれ女子の持つ性格は、やがてその人の生涯の運命となつてゆくものだといふことを描き出して、それを読者である女子の深省の料に供さうとするところにあることは、上来繰返して言つた。（中略）

源氏物語は、実に複雑多岐、渾然たる大作であるが、その作意の根幹をなしてゐることは、啓蒙といふことであつて、（中略）これはあらゆる年齢の女子を読者として、女子の持つ人生を、全面的に、よりよきものとしようとの意図より書かれてゐるものだといふことである。

空穂はこの作意（執筆意図）が、全編を通じて流れていることを、『源氏物語』の女性たちの性格描写を辿って詳細に論じ、これらは文芸的意図よりのものではなく、読者に実際生活の上で参考に供するためであり、「主人公源氏は、これらの女子の連れ出し役をし、その生活の展開係をしてゐたに過ぎない者で、主であるよりも従であり、主たる者はこれらの女子」（同）であると述べている。また別の論では、光源氏は「生涯を通じて何をしたかといえば、実社会において、その時その時に置かれた環境の刺激によって欲望を抱き、それを追求しただけで、年月の推移と共に生命も推移して去ったというだけである」「きわめて普通の人間」と述べている（「光源氏――その欲望と叡知」一九五七年、『全集』第九巻）。実に明快で、胸がすくような指摘ではないだろうか。

空穂の教え子鷲見寿久は、「源氏物語の作意の中心をなすものは、つまり女の啓蒙であると喝破されたものである」と指摘する。(5) 鷲見が述べるように、これ以前に、藤岡作太郎が「源氏物語の本意は実に婦人の評論にあり。（中略）著者は種々の性格を具体的に人物の行為によりて示したるのみならず、直接に草子地の文のうちにも、または人物の対話をかりても、自己の婦人観を発表せり」と指摘している。(6) 空穂はさらに『源氏物語』の本質的な作意を女性の啓蒙と見て、『源氏物語』が女性への啓蒙書、つまり教育的テクストとして成ったものであることを、詳細に論じた。「雨夜の品定め」などの女性論が教訓的であることは古来多く言われているが、それは女性への道徳的教導という面と密着していた。空穂は、女性がもつべき徳という観点から離れて、『源氏物語』の社会教育的機能という点を明示したといえよう。

平安・鎌倉期において、作り物語がそもそも女子・女性に対する教育書・評論書としての性格をもっていることは基本的な枠組であり、前提である。『源氏物語』は、人の世の運命を語る壮大な物語であると同時に、広い意味で無限の教育的テクストである。『源氏物語』には、全編にわたって、王朝貴族の男女がもつべき行動規範や精神、美的価値基準、世界観・人間観などが、物語の展開を通してあらゆる部分で直接間接に語られている。具体的な語りも多く、短く端的なものもあれば、長々と語られる評論的叙述もある。こうした『源氏物語』の性格については私も論じたことがある。(7)

『源氏物語』は類い稀な長編小説であり、普遍的で世界的な文学としての位置を獲得しているので、当時の作り物語の本質的機能は、ともすると忘れられがちかもしれない。しかし当時において、物語とは第一には高度な教育的機能をもつテクストであり、実用書・処世訓でもあることを、決して等閑視してはならないであろう。

女性作家への評価の態度

さて空穂は、『源氏物語』だけではなく、清少納言、和泉式部についても、いくつか書いている。『枕草子』の評釈は前半のみで未完に終わったが、大正元年(一九一二)以降、断続的に書かれている清少納言と『枕草子』に関する論は、やや一面的であるものの、鋭く面白い。断片的な引用であるが少し摘記してみよう。

要するに清少納言といふ人は、一切を、人間も自然も、単に空間的といふ一面からのみ見、美醜、快不快とのみ感じてゐた人ではなかつたか。この心が、彼女に、悲哀をいふことを少くさせ、避けさせ、また忘れさせたのではないか。(中略)

清少納言は、その散文にあつては、官能に溺れ得ることによつて、前に例のない清新なものを書いた人である。(中略)直截なる胸臆の披瀝。感覚をとほしての美を、随つて断片的なる美の印象をその全世界としてゐる清少納言は、この手法によつて、彼女の全部を表現することが出来たのである。(中略)

過去において、枕草子ほど魅力を持つた随筆は、他には一つもない。これを思想的に見ると、殆ど何物もないものであるが、耽美的の気分に生きた、又その意味では極めて傑出した一人の女性が、その気分を生かし得、その生命をとどめ得たといふ点では、まことに卓絶したものである。

(「随筆家としての清少納言」一九二八年、『全集』第九巻)

ところで、ジェンダーの視点から明治・大正の「女流」文学を論じた田中貴子の論(8)は、興味深い。そこで当時における紫式部像について、このように述べている。

式部への評価には、「貞操堅固で慎み深い女らしい女」というものと、芳賀(田渕注:芳賀矢一の『国文学史十講』一八九九年、をさす)のように「学問し物を書く女らしからぬ女」という両極端が見られる。(中略)紫式部の場合は女ゆえに云々という言説が必ずといってもよいほど付いてまわる。そして式部自身の存在価値は『源氏』

をものしたという業績よりも、夫のために貞操を守り通した賢婦という側面にもっぱら焦点が当てられ、それが彼女の評価すべき個性であると評されてしまうのである。

当時におけるこうした見方に対して、空穂の紫式部論には、操を守った貞女、あるいは学問をする女らしからぬ女などの言は全く見えない。そして清少納言論においても、女なのに才をひけらかして驕慢なふるまいをすることへの道徳的批判は全くみられず、前掲のように作品の特質を見定めることから作家の特質を論じている。

当時、空穂はどのような考えをもって、『枕草子』や『源氏物語』など女房文学の評釈を行っていたのだろうか。『枕草紙評釈』（一九一六年）執筆の契機について、空穂は談話でこんなことを言っている。

そのころ紫式部と清少納言とをなづけて清紫と言ったが、二人の作品に正式にふれた文学批評はなくて、文章のうまさ、まずさだけを言った。紫式部は品行が正しく、立派で道徳的な女だった。清少納言のほうは、おてんばで、素行もよくない。道徳的な立場から見て、また文章だけを対象にして点をつける。江戸時代のそういう批評をそっくり明治時代の人も移しかえて、当時書かれた文学批評も同じだった。こういうことを承認したと思われるのもいやだ。清少納言はいかにいい女だったか、利口な女だったか、それを言おうと思った。ただ、古典のほうでは、評だけ書いてもだれも読む者がいない。だから、本文も読めるようにして、一段、一段批評をしていく、そういう目的で書いたものだ。

（空穂談話Ⅻ「伊勢、枕の評釈など」「窪田空穂全集月報24」第十九巻付録、一九六七年三月）

同様のことを以下のようにも言い、意図的に道徳的な見方を排除したことが述べられる。

作者清少納言の品性の如何が、社会の一員として守つて行くべき道徳の如何が、殊に女として男に対して守るべき徳操の如何が、大きな問題として議された。（中略）が、此れは遺憾な読み方である。無理な読み方である。枕草紙の語つてゐるところはその以外にあつて、そして其の以外な点に於てかがやきを放つてゐるのである。

（「清少納言論」一九一四年、『全集』第九巻）

女性としてもつべき徳の有無という道徳的な見方を、女性作家の把握から自覚的に排したことは、当時において実に先見的な態度といえよう。これは次に述べる和泉式部についても同じで、「愛欲」を強調する面はあるものの、婦女道徳的な見方はしていない。

とはいえ、空穂が女房歌人・女房作家に対して一貫してジェンダーフリーな捉え方をしているかといえば、やはりそうともいえない面もみられる。早い時期に書かれたものだが、阿仏尼《あぶつに》に対しては、このように言っている。

想像に浮んで来る阿仏尼は、気の勝つた、理屈ずきか、高慢な所のある、偏狭な人のやうに思はれる。一口に言ふと智的な、湿ひの無い人で、懐かしみよりは厭味の多かつた人らしい。

（「歴史から引き離した『十六夜日記』」『文章世界』一九一〇年十一月）

これはやはり、あるべき女性像が入り込み、批判的な見方になっていると思われる。こうした阿仏尼像は、空穂の責任ではないが、近代・現代もずっと続くことになる。(9)

和泉式部の歌への評価

戦時中の昭和十八年(一九四三)七月、『中世和歌研究』の刊行に際して、空穂は一〇〇枚近い和泉式部論を新たに書き下ろして、この中に入れた(「和泉式部」『全集』第十巻)。この年は、四五頁に書いたように、二月刊行の『大東亜戦争歌集』(将兵篇)の序を執筆し、七月には『愛国百人一首』の評釈を刊行し、十月には次男茂二郎が応召、入隊し、十二月には学徒出陣が始まるという一年であり、これも暗く陰鬱な日々の中で書かれたものであっただろう。

図13　百花文庫『和泉式部』

しかしこの和泉式部論はいささかも戦時色を感じさせない。というよりも逆に、古典への沈潜は、たとえば藤原定家が貴族社会を崩壊させた承久の乱の頃に古典書写に没頭したように、苛烈な現実とバランスをとるような行為であったのかもしれない。

この和泉式部論は、戦後の昭和二十二年(一九四七)に、創元社の百花文庫の一冊として独立してまとめられた。その百花文庫『和泉式部』は、全九十一頁の薄い小冊子で、紙も薄く装訂も粗末だが、どこか和の香りを残す文庫である。大岡信は、同年秋、旧制高校一年生の時、日本橋の白木屋デパートで買ったこの百花文庫『和泉式部』に夢中になったと、繰り返し色々なところで語っている。

これは、平安時代の和泉式部の心と感覚に降り立とうとし、その作歌態度を論じており、空穂らしく本質から捉えようとする論である。和泉式部の輪郭を述べ、その秀歌一一二首を選び、批評しながら語っていく評論であり、評釈という形は取っていない。

空穂が『新古今集』『古今集』などの評釈を終えた上で獲得された和歌史的知見もここに盛り込まれ、その流れの上で和泉式部の個性を浮き彫りにしている。

> 万葉集の歌風は、正述心緒を発足として、次第に寄物陳思に向つて歩んでゐるものである。これはその人々の天分の如何によつて異つてゐることで、一概なことは言へないが、概していふと、前期は正述心緒が主となつてをり、後期は反対に寄物陳思の方が主となつてゐる。そして此の勢ひは平安朝時代になると、遽に高まり、明らかに意識されて、動揺のないものとなつて来たのである。(中略)
>
> この寄物陳思の和歌の世界に生きて、和泉式部は、正述心緒一点張りの和歌をした人である、しかもその業績の上より観れば、その質においても、その量においても、正述心緒を発足として、永くその線に沿つてゐたこれ以前の時代を通じても、又、それが寄物陳思に移つても、伝統を重んじた和歌とて、さすがに正述心緒を捨て切らずにゐたそれ以後の更に永い時代を籠めても、彼女くらゐそれを徹底させ、その心緒を極めて微細にも、またやや広範囲にも、正述心緒の態度をもつて詠んだ歌人は見られない。この意味において和泉式部は、

極めて稀れなる、又尊重すべき歌人なのである。（中略）和歌は要するに人事詠と自然詠とである。（中略）しかして和泉式部は、その素質として極めて優れた天分を持つてゐた。その天分が、生活実感の刺激のままにまに、この人事詠の一線に沿つて流れ出し、豊かに、さまざまに、限りない秀歌となつたのが、即ちこの和泉式部集である。

（中略）好色といふことは彼女に取つては作歌の刺激とはなつてゐるが、その生み出してゐる歌は、彼女の深所奥所よりのものであつて、作歌の直接の原因はかかつてそこにある。その直接原因の何であるかを語つてゐるものが、即ち和泉式部集である。

（「和泉式部」一九四三年、『全集』第十巻）

「正述心緒」（自己の心情を率直に表現する）とは、もともと『万葉集』において、「寄物陳思」（自然の事象に託して思いを表現する）と対をなす分類標目であり、そこから『万葉集』歌の表現形式を分類する用語としても使われるようになった。この概念を用いて、『万葉集』から平安和歌までの流れを見据えた上で、和泉式部は「寄物陳思」の世界にありながら、「正述心緒」の態度を徹底させた異色の歌人であり、和歌を自然詠と人事詠とにわけるとしても、和泉式部の天分は人事詠の一線に沿って秀歌となって流れ出した、と言う。

さらに『和泉式部集』について言うところを少し摘記しよう。

知性の面を思ふと、和泉式部は明敏な人であつたことが、その歌をとほして感じられる。日常生活の人と人との間に醸し出される、それとなくしてしかも複雑な感情を捉へて歌とするといふことは、そのことが既に知性的でなければ出来ないことである。（中略）しかも、抄出した歌についても分るやうに、その中核を捉へ、驚くべき単純化を与へてゐて、形としては単純を極めつつも、同時に拡がりのあるものとしてゐるのである。これは衷《うち》に知性の並み並みならぬものがなくては出来ないことは明らかなことである。（中略）和泉式部集は広い意味でいふと歎きの歌集であるが、殆ど他に向つて訴へるところを持つてゐない歎きである。（中略）

この生涯を挙げて恋のあはれたらしめた、その苦悩と、聊かの歓喜と、多くの失望とが、やがて和泉式部集なのである。（同）

そして和泉式部という歌人については、このように言う。

しかもそれは、その人柄の特異さから、極度まで徹底させて、恐らく和歌といふ形式ではこれ以上には進めなくはないかと思はせる線まで迫つてゐるのである。その胸臆の真を披瀝して、奥所に入り、微所に入り、しかも和歌としての美を保つて失はないといふ上からいふと、和泉式部は、その生存した時代はもとより、それに先行した時代をも空しうしてゐる存在である。（同）

いずれも深く胸に落ちてくる批評である。そして空穂は、和泉式部を平安期当時も、その前の時代を含めても、随一の歌人と断言してはばからない。

和泉式部の人物像形成への晶子の影響

一方で空穂は、和泉式部の人間像について、このようにも言っている。

その中核をなしてゐるものは、この人は自身の本能的欲望に権威を認め、それを遂行してゆく上では何物をも憚らず、その属してゐる環境から解放されてゐるかのごとき態度を取つてゐたといふことである。本能的欲望は、女性である和泉式部に取つては愛欲である。愛欲には男性が伴ふ。彼女には傍らに男性が居ない夜は、一夜も過ごしかねるやうな女性であつたかと思はれる。（中略）かく言へば和泉式部は単に多情多淫の一女性のごとくであるが、これは第三者の観測であつて、その事の時間的成りゆきから見ると、彼女自身は、そのすべての男性に失望し、拒否して、最後までその心に残つてゐた男性は、唯二人あるのみであつた。その一人は最初に夫とした橘道貞《たちばなのみちさだ》、いま一人は敦道《あつみち》親王であつた。

（日本古典全書『和泉式部集　小野小町集』「解説」一九五八年、『全集』第十巻）

これは和泉式部の和歌の評というよりも、その人物評であるが、このような把握は、現在ではかなり一面的で、浪漫的に過ぎるものであろう。

実際に、当時の宮廷女房の実態から見ると、和泉式部の恋愛遍歴は突出して奔放というほどのものではないと思う。和泉式部が道長《みちなが》から「浮かれ女」と言われたことは事実だが、和泉式部自身は濡れ衣であると強く否定し困惑していることがしばしば家集にみえており、和泉式部には多情好色であると取り沙汰されやすい因子があったようだ、と藤岡忠美は述べる。(10) そしてそれは後世の和泉式部伝承において、さらに拡大・変奏された。

そして藤岡は「和泉式部伝の虚実」で、「それ以後の現代にいたる和泉式部伝が、両親王との恋愛事件をなにがしか浪漫化して構想することの多い趣きを呈しているかにみえるのは、その底流に案外、与謝野晶子の発想の尾を引くことがあるのではないか、という気さえしてくるのである」と述べている。そこには晶子・鉄幹という芸術家・詩人同士の結びつきに対する自己賛美や時代の空気があるのかもしれないと示唆するのである。確かにそうかもしれないと思う。与謝野晶子の和泉式部評を引用してみよう。

> 併し彼女は余りに多感多情なる性情の為めに常に自ら懊悩し、その満たされざる愛欲の為めに一生を通じて、寂寥と哀愁とを抱いてゐる人でした。(中略)併し彼女は教育せられた女であり、また特に詩人としての才気と熱情とを豊かに持つて生れた女であつて、今日の言葉を以てすれば解放せられた新しい女子が、純情と芸術的な愛情とに生きようとして、その理想に合致する対象を求める為めに積極的に働き掛け、(中略)多くの浮名を流し、而かもどの男にも満足し得ずに一生を終つたと云ふのが彼女の真相だと思ひます。(中略)若し彼女が其恋の為めに多くの新しい秀でた歌を遺さなかつたら、西鶴《さいかく》の「一代女」のやうに堕落した一人の遊蕩女子に過ぎなかつたでせう。(中略)彼女ほど実感を歌つた歌人は稀であり、それが常語より遠く抜け出でて詩の領域に入るのでした。
>
> (与謝野晶子「女詩人和泉式部(下)」『女性』第四十五巻、一九二八年三月)

空穂の前掲のような和泉式部の評や、あるいは「現代の語でいへば、和泉式部といふ女性は、まさしく解放された自由人である。そしてその作品はあやしきまでその人と一体となつてゐる」（日本古典全書『和泉式部集　小野小町集』「解説」一九五八年、『全集』第十巻）という評は、与謝野晶子の和泉式部論の見方・措辞と重なっていて、晶子の影響が大きかったことを想像させる。

もちろんこれは空穂だけではない。明治・大正・昭和の、藤岡作太郎、芳賀矢一などの国文学者が、和泉式部に「多情多恨」「不羈奔放」「軽佻浮華」「放縦」というレッテルを貼り、江戸時代から受け継いだ儒教的精神により、個々の倫理観に基づいて和泉式部を糾弾していることを、田中貴子が述べている（注（8）論文）。空穂は、和泉式部を倫理的な面から批判したりは全くしていない。しかし、前掲のような空穂が描いた和泉式部の歌人像は、そもそもは主として与謝野晶子が描き出した和泉式部のイメージに、三十年を経た昭和三十三年（一九五八）でも、かなりとらわれていた面があるのではないだろうか。

「色好むをんなといはじ」

しかし、こうした面はありつつも、空穂の和泉式部論は、単に「愛欲」や「奔放」に集約させてしまうことはない。人物像ではなく和歌からは、和泉式部を〈色好みの女〉とする把握を、むしろきっぱりと否定している。空穂が和泉式部のことを詠んだ歌をあげよう。

色好むをんなといはじ在りの世のつれづれ侘ぶる人のわざくれ

これは昭和三十五年（一九六〇）に刊行された第二十歌集『老槐の下』の「和泉式部家集を読みて」（『全集』第三巻）のうちの一首である。空穂は同三十三年に日本古典全書『和泉式部集　小野小町集』を刊行しており、その仕事に関わる詠であろう。「わざくれ」は戯れ、手慰みの意。この歌で〈色好みの女〉という和泉式部のイメージを、空穂はきっぱりと否定する。

この歌のもとにあるのは、和泉式部の「つれづれと空ぞ見らるる思ふ人天降りこむものならなくに」などの「つれづれ」である。この歌について、空穂は、

この歌の「つれづれ」は、彼女の繰返し言つてゐるものである。心に要求は持つてゐるが、その繋ぎ所のない状態をいふ語である。

（「和泉式部」一九四三年、『全集』第十巻）

と述べている。さらに昭和二十一年（一九四六）の「歌人和泉式部」（『全集』第十巻）では、この歌について次のように述べていて、式部の詠作行為の中を覗き込む。

待てど来ない者に憧れて、誰でもするやうに空を眺めて時を過してゐたが、ふと、その甲斐なさに心付いた時の心である。この歌も、歌となるべき何の材料もない中にあつて、自分の心の軽い動きだけを捉へて、このやうに魅力ある歌としてゐるのである。心といふのは、強い憧れ気分と、それと一緒に持つてゐる知性とで、その軽いもつれ合ひである。憧れ気分の強い人は、唯昂奮するばかりとなり知性の強い人は冷たくなりがちで

あるが、その両方を持つてゐて、それが一緒に働いてゐるのである。

また、娘小式部内侍が没した時の哀傷歌、「とどめおきて誰をあはれと思ふらむ子はまさるらむ子はまさりけり」に対して、「自身の生存といふことを絶えず強く意識してゐて、熱意を持つて共に知性を働かせてゐる人のみの胸に浮んで来ることであらう」（同）と評しているのも、先の評と重なり合う。

以上のように、空穂の和泉式部論は、当時通行の和泉式部像とは異なって、和泉式部の好色に帰結させることはしない。和泉式部が自らの思念と存在をみつめて歌う表現態度と、それに伴う強い知性のはたらき、和歌表現の微細さ・広さ・深さ、複雑な感情や心の中核を捉え驚くべき単純化を与えて表現化する力、和歌という形式ではこれ以上進めないほどに徹底させ、突出していること等を、空穂は指摘し、賞讃する。そして、和泉式部の秀歌は主として「正述心緒」の歌に多く、典雅で無難な作を選ぶ勅撰集にはあまり入集していないことを指摘している。

前述したが、王朝和歌は、『古今集』で形成された価値観と方法を規範とし、自然と人事とを重層させて二重の文脈を作り、自然の景物に心を託し繋げて詠む「喩」の歌が主流である。和泉式部にも、実は、そうした歌は贈答歌などに多くあり、『和泉式部日記』にはかなり多い。また、これは異色な例だが、「白露も夢もこの世も幻もたとへて言へば久しかりけり」は、この「喩」をこれでもかというほどに並列し、あえて反転させ無化するという、離れ業のような歌である。

けれども確かに、和泉式部の秀歌としてすぐに思い浮かぶ、「ともかくも言はばなべてになりぬべし音に泣きてこそ見せまほしけれ」「あらざらんこの世のほかの思ひ出に今ひとたびの逢ふこともがな」「世の中に恋といふ色はなけれども深く身にしむものにぞありける」などは、どこにも何の景もなく、そこにあるのはただ自分の心だけであり、それでありながら内に複雑で屈折した回路を形成し、深く翳りを帯びた緊張感を張り巡らせていて、比類のないものである。

和歌の読みから、昭和十八年(一九四三)という時期に、和泉式部の歌の本質的特徴を捉えて高く評価した空穂の見識は先見的なものであり、その後の研究にも繋がっていく把握である。

『和泉式部集』『和泉式部続集』の注釈

昭和三十一年(一九五六)、岩波文庫本『和泉式部歌集』(清水文雄校訂)が刊行された。正集・続集など四類の本文を収めているが、注は校異が中心のごく簡略なものである。けれどもハンディで便利であり、大学に入った頃和泉式部の歌に魅了されて読んでいた私も、これを持ち歩いていた。同五十八年(一九八三)にこの岩波文庫本は大幅に補訂され、本文は正集・続集の二類を収め、新たな脚注・補注を施し、『和泉式部集　和泉式部続集』(清水文雄校注)として刊行された。優れたテクストであり、現在まで版を重ねている。

一方、昭和三十三年(一九五八)に、窪田空穂校注『和泉式部集　小野小町集』(日本古典全書、朝日新聞社)が刊行されている。これは空穂の八十二歳の時の著である。正集・続集の両方を網羅し、頭注に和歌の解釈をできる限り載せている。これについて空穂は、次のように語っている。

古典編集室の注文は頭註を添へよとのことであつた。しかし私から見ると、この歌集の歌は、語句の頭註だけでは結局解し難くはなからうか。それよりも、一首の大意を添へた方が有効だらうと思つて、つひにその方法を選んだのである。　（「和泉式部歌集について」日本古典全書『和泉式部集　小野小町集』附録、『全集』第十巻）

確かに、和泉式部の歌は卓抜だが、難解なものも多い。それは和泉式部の歌が、当時の規範的な美意識や価値観から、あまりにも抜け出ているからである。

日本古典全書の空穂の注釈は、『和泉式部集』正集・続集の一五三四首についての、近代で最初の本格的な注釈書である。これ以前には江戸時代の国学者岸本由豆流《きしもとゆずる》による『和泉式部集標注』があるが、典拠などを中心とする注釈であり、他にも選釈はあるが、空穂が初めて正集・続集の全歌に注釈を施したのである。藤平春男は、『和泉式部集　小野小町集』は、空穂による三大歌集や西行、近世和歌の評釈にも並ぶ質を持つものである、と賞讃している（『藤平春男著作集』第五巻）。

翌昭和三十四年（一九五九）に、小松登美を中心とした研究会で行われた注釈に基づき、正集の詳細な注釈書『和泉式部集全釈』（佐伯梅友・村上治・小松登美著、東宝書房）が刊行された。続いて『和泉式部集全釈　続集編』（同著、笠間書院）も同五十二年（一九七七）に刊行された。ほかに、松井本（二七三首）を底本とする日本古典文学大系『平安鎌倉私家集』所収『和泉式部集』（青木生子校注、岩波書店、一九六四年）、宸翰本（一五〇首）を底本とする新潮日本古典集成『和泉式部日記　和泉式部集』（野村精一校注、新潮社、一九八一年）も刊行されている。これらの中で、小松登美の『和泉式部集全釈』『和泉式部集全釈　続集編』が詳しく、正集・続集の注釈がその後なされていないこともあり、現在も注釈書として用いられることが最も多い。

空穂の和泉式部の論・注釈については、藤平春男が前掲のように言及しているだけのようだ。言うまでもなく清水文雄と小松登美の業績はすばらしいものだが、以上のような諸注釈書・研究書においては、空穂の『和泉式部集　小野小町集』はあげられていないことがほとんどである。(11)けれども振り返れば、小松登美らが正集の後に『和泉式部集全釈　続集編』を昭和五十二年に出版するまで、窪田空穂校注『和泉式部集　小野小町集』は、長らく『和泉式部集』正集・続集両方にわたるものとしては唯一の基本的な注釈書だったのである。そして、難解なこの集の解釈の可能性を広げる意味でも、注釈の一つとして、今もその意義を失っていないと思う。

近世和歌などの評釈・歌論

近世和歌についても、ほんの少しだが触れておく。空穂は近世和歌について早くから関心を寄せており、著作も非常に多い。『全集』第十巻には、「一　平安和歌論」「二　近世和歌論」として諸論が収められているが、分量としては近世和歌論の方がはるかに凌駕している。

藤平春男のまとめによって概観する。(12)空穂の近世和歌研究は、第一期（明治四十二年〈一九〇九〉）、第二期（大正五年〈一九一六〉〜十年）、第三期（昭和二、三年〈一九二七、二八〉および七年〜十年）にわけられる。

第一期の明治四十二年、香川景樹の歌と歌論、橘曙覧の歌についての論を『文章世界』ほかに発表した。結局、空穂が近世歌人の中で最も作品の価値を高く評価していたのは、橘曙覧であると、藤平は指摘している。

第二期には、景樹・曙覧・橘守部《たちばなもりべ》・大隈言道《おおくまことみち》・楫取魚彦《かとりなひこ》・松田直兄《まつだなおえ》・安藤野雁《あんどうぬかり》などの歌論と作品を取り上げて論評したものが、『国民文学』『短歌雑誌』に掲載された。第一期よりも詳細に、かつ専門的になり、この時期の多くの個別研究が、第三期における体系的な近世和歌史観の確立へとつながっていく。

第三期は、近世和歌の史的体系化がなされた時期であり、『和文和歌集』上下（一九二七・二八年、『全集』第十巻）の「解説」は、空穂の近世和歌研究の主な論である。(13) さらに近世和歌史についての体系的な把握を「江戸時代の和歌の二傾向」（一九三二年）と「江戸時代の和歌の概略」（一九三三年）で示している。また評釈として『江戸時代名歌選釈』（一九二九年）と『江戸時代名歌評釈』（一九三九年）を刊行している。この時期に空穂は賀茂真淵を正面から取り上げ、近世和歌史を真淵と景樹を両軸として組み立てていく。

この第三期において史的体系化がなされたのは、大正九年（一九二〇）に早稲田大学の教壇に立つようになったことと関わること、また「空穂の近世和歌研究は、空穂自身の歌人的立場の確認の意味を持つものとして始まったことがあきらかであろう」「空穂の近世和歌研究は、空穂の個性に即したものとして終始しているが、同時に歴史的批判を通じて普遍性を獲得しようとする道を辿った」（「空穂歌学と近世和歌研究」）と、藤平春男は述べている。

そして最晩年には、空穂は芭蕉の句集を改めて通読して感動し、『芭蕉の俳句』（春秋社、一九六四年、『全集』第二十六巻）を書き下ろした。計一六二句についての評を中心としたもので、空穂の最後の評釈となった。なお、刊行されたばかりのこの本は、この年の空穂の米寿の賀宴で参会者に配られたという（角川源義「完結にあたり」「窪田空穂全集月報28」第二十八巻付録、一九六七年十二月）。

創作と古典の評釈・研究

最後に、空穂自身における創作と研究との関係について、少々述べておきたい。空穂は、和歌などの古典作品を

「文芸」と呼んでいるが、歌人である自分が古典文学・和歌文学の研究をしていることについて、多くは語っていない。ただ、古典和歌と歌論を一つ一つ読みこんでいくことは、自身の作歌の参考にするためではなく、純粋に知識研究のためであったと明言している。

私は初老に近くなったころ、古典歌集の主流とも称すべきもの、及び代表的歌人にして歌論歌話を残している人のものは、その作品と対照して読みつくそうという大望を抱き、専念して読みつづけた時期があった。これは作歌の参考としてという立場に立ってのことではなく、純知識的のことで、漠然とした孫引きの知識を、源流にさかのぼらせ、自身の眼でたしかめたいという欲望からであった。結局は、時間足らず力及ばずに終ったが、私なりに益を得た次第であった。

（「わが文学体験」『全集』第六巻）

空穂は古典和歌の評釈・研究に取り組んだのは、「純知識的のこと」と明言している。すでに述べたように、『古今集』を規範とする古典和歌では、自然と人事（人間世界）とを意識的に重層させて詠むことが基本であるが、空穂はその仕組みを誰よりも早く指摘し、『古今和歌集評釈』などで詳しく論じ示した。そして平安後期以降の、ある歌題に即して詠み、虚構を舞台とする題詠歌の手法も、『新古今和歌集評釈』などを通して熟知していた。しかし空穂はこうした王朝和歌、中世和歌の手法そのものは深く理解しつつも、自らの歌作の方法にそのまま直接に取り入れることはしなかったようだ。古典和歌で空穂が特に好み高く評価していたのは、『万葉集』、和泉式部、西行、橘曙覧あたりであったという（『藤平春男著作集』第五巻）。空穂は、自身の作歌では、あくまでも人生観照に繋がっていくような、内なる主体と時間に広がりゆくような、静謐な「生活実感」の詩情の表現を貫いたと言えよう。
また、歌人であり研究者である内藤明はこのように述べている。(14)

そこにはその時々の実感を歌にとどめようとしてきた瞬間の積み重ねと人生的な深まりがあり、また古典や歴史と向き合う中で身体化してきた言葉と思想の蓄積が見て取れる。そういう意味で、空穂短歌には近代日本の推移と近代を越えた歌との重層と融合があるといっていい。さまざまなものが多面的に引き出せる広さと深さをもった空穂の文学は、二十一世紀に歌と人間を考えるための、まさに生きた古典といえるだろう。

空穂は、「我々が作歌に関心を持ち出した明治三十年代には、作歌と古典の教養とはまさに一つであつて、離すべからざるものとなつてゐた」(「作歌の跡を顧みて」一九三七年、『全集』第八巻)と言う。明治末年から大正、昭和にかけての頃、佐佐木信綱、与謝野鉄幹・晶子、会津八一、折口信夫など、創作と古典研究が密接、あるいは不可分の文学者たちは文壇・歌壇に多かった。空穂もその一人である。彼は大学での講義を契機に、従来の訓詁注釈の形に安住せず、古典和歌・古典文学のあり方そのものを考えぬき、分析的に、かつ広く捉え、できるだけわかりやすくそれを伝えようとした。空穂の三大歌集の評釈が現在でも使われていることからもわかるように、注釈の方法を一新し、独自の方法でいわば注釈の近代化を成し遂げ、それを近代、そして現代の研究にまで届けているのである。

(1)　今井卓爾「空穂の伊勢物語研究」(『国文学研究』第三十七集、一九六八三年三月)。

（2）下巻（『現代語訳国文学全集』第六巻）も空穂訳として刊行されているが、空穂の後記に「大部分を懇意なる若き学徒の助力をもとめるという成行きとなった」とあるので、本稿でははずしておく。後に③の完訳版を刊行する際に、空穂は全面的に書き直している。
（3）秋山虔「『現代語訳源氏物語』の思い出」（「窪田空穂全集月報23」第二十四巻付録、一九六七年二月）。
（4）田渕句美子「窪田空穂による『源氏物語』の和歌注釈——与謝野晶子との対照性」『和歌史の中世から近世へ』（花鳥社、二〇二〇年）。
（5）鷲見寿久「窪田空穂と源氏物語」（『国文学研究』第三十七集、一九六八年三月）。
（6）藤岡作太郎『国文学全史　平安朝篇』（東京開成館、一九〇五年）。
（7）田渕句美子『女房文学史論——王朝から中世へ』（岩波書店、二〇一九年）。
（8）田中貴子「近代国文学からみた平安女性とその文学——「女流」文学とは何か」（『言説の制度』叢書「想像する平安文学」第三巻、勉誠出版、二〇〇一年）。
（9）田渕句美子『阿仏尼』（吉川弘文館、二〇〇九年）参照。
（10）藤岡忠美「和泉式部、虚像化への道」（『国文学』一九九〇年十月）参照。また次に述べるように、同「和泉式部伝の虚実」（『国文学』一九七八年七月）も重要な論考である。この二論は『平安朝和歌　読解と試論』（風間書房、二〇〇三年）所収。
（11）上村悦子『和泉式部の歌入門』（笠間書院、一九九四年）は本書を丁寧に引用している。
（12）藤平春男「空穂歌学と近世和歌研究」（『藤平春男著作集』第五巻、笠間書院、二〇〇三年）。
（13）近年では、神作研一が、「近世和歌の研究史を繙く時、草創期のものとしてまず第一に挙げるべきは、窪田空穂による『和文和歌集』（日本名著全集刊行会、一九二八年）の「解説」であろう」（『小沢蘆庵自筆　六帖詠藻　本文と研究』蘆庵文庫研究会編、和泉書院、二〇一七年）と述べている。
（14）内藤明「二十一世紀の窪田空穂」（「和歌文学大系　月報48」第七十九巻付録、明治書院、二〇一七年九月）。

まとめに代えて

以上述べてきたように、窪田空穂は、『万葉集』、人麿、紀貫之、『古今集』、『伊勢物語』、『枕草子』、『源氏物語』、和泉式部、西行、俊成、『新古今集』、小沢蘆庵《おざわろあん》、香川景樹、橘曙覧の和歌、そして芭蕉の俳句に至るまで、一つ一つの評釈を行い、作家・作品についての論を展開し続けた。そもそもは個別的な研究であり、体系化や史的整理、和歌史の構想を指向してのものではなく、いわば書き散らしているような感もあるが、文化史的把握の重要性を認識することから、時代的な特質を根本でとりおさえて、批評・評価を客観化した上で本質を把握しようとする態度が貫かれ、おのずと文学史上の流れにおける点と点が繋がれていった。

再び、空穂の研究を深く理解していた藤平春男の言葉を引用して、最後にまとめたい。

「文芸作品として永い期間存在してきたほどの物は、こちらの好き不好きにかかわらず、心を打ちこんで読むと、従来、気のつかなかった美所が随所に発見されて、興味となってきた」(「私の履歴書」)という、批評家からやがて研究者に通じていく態度が、古今集や新古今集の特質を開示し、近世和歌の多彩さをも発掘して、多くの学問的成果を生み出させしめたのであった。そういう研究的態度とその成果とはおのずから和歌史への構想に向かわしめ、昭和に入ると、空穂は独自の和歌史観を示すようになる。もっとも和歌史論そのものの構築が目的ではなく、各歌人や歌集やの批評の客観性を求めることから生じたのであるが、源は坪内逍遙の英文学の講義に根ざすのであり、文化史的把握への興味は古典文学の読解と絶えず併行していたのである。

（「窪田空穂研究」『藤平春男著作集』第五巻）

このようにして空穂が残した業績は、驚異的な量に及ぶ。全集に入っていないものも多いし、『徒然草評釈』など稿本のままで活字になっていないものもある。厖大な仕事量であり、怠惰とは無縁の人だったのだろう。一人の人間がこれほどのことを成し遂げられるとは、信じられないほどである。年譜等を見ると、空穂の研究・著述は常に短期間に仕上げられていることに驚く。約二〇〇枚の『奈良朝及平安朝文学講話』は、「わが文学体験」によると、子供たちが病気という厳しい状況のもと、出版社に急かされて、わずか一週間で書き上げたという。驚くばかりの集中力とスピードである。それは晩年になっても変わらなかったようだ。しかも多くの仕事を同時並行で進めている。老年になっても頭脳は明晰なままであったことを多くの人が述べている。

そして、随筆や自伝などにうかがわれる記憶力も、特筆すべきであろう。本書では扱っていないが、『全集』第十一巻所収「近代作家論」は、五十人に及ぶ作家の風貌や言葉を語る。これについて紅野敏郎が、「明治三十年代からこんにちに及ぶ長いあいだ、直接、間接、空穂が接触した多くの文学者たちについての同時代発言と後代の回想が文字通りびっしりと収められている」「生きた近代文学史」「いわばこの一巻は、近代文学研究家にとっての親しい宝庫であり、怖しい武器倉のようなものである」と早くに評している。(1)

これほどの質と量の評釈・研究を同時進行で推し進めながら、空穂の机の周囲にはいつも数冊の本があるだけで、時々その数冊の本を見ては、さらさら書き続けた、と何人もが述べている。空穂の自筆原稿を見ても、そうしたスピード感が感じられる。評釈において【評　又】に掲げる注釈書以外には、先行研究を引用することも少ない(2)。夾雑物のないところで古典と対峙することに重きをおいたのだろうか。些細なことには拘らず、論争することにも時間を惜しみ、おそらく周囲の評価や反応にはさほど興味がなかったとみられる。その厖大な著作には、常に全力で疾走するような緊張や切迫感が漂う。まるで目に見えない何かに急かされるようにして書き続け、矢継ぎ早に発表している。自分の道、自分のやり方を貫き、内なる自分を信じ、ひたすら古典と会話し続けたように感じられる。

空穂は大学院で学問研究をした人ではなく、留学することもなく、近代国家のために育成されたエリートとは異なる。むしろあえて、当時帝大中心に展開されていた国文学研究とは一線を画したところに身を置いた。空穂は、作歌と短歌批評の修練を生かしながら、多くの時代にわたる古典和歌の作歌態度と方法についてつきつめて考え、古典の注釈をこれまでにないものにした。そして、本書でみてきたように、物事の本質をまっすぐに正面から見極めようとする視線と知性、従来の見方にとらわれない先見性、リアリスト、かつリベラリストとしての批評精神と態度がその生き方にもあらわれているが、それと同じように、論著にもそうした眼と姿勢が常に流れていると私は思う。

空穂は、思いがけず早稲田大学教員として大学教育に携わるようになったことを契機として、学究の徒として謹厳な態度でひたすら古典文学に対峙し、作品を読み解き、評釈の重要性を示し、その可能性を大きく切り拓いた。それと併行して、作品の時代的特質を捉えて価値評価や批評の客観性・必然性を可視化しようとし、それぞれの時代思潮や文学・文化への意識などを広く深く探り続け、それとともに独自の和歌史観、短歌本質観を構築しつつ、誰も真似のできない清新な研究へと展開していった。厖大な評釈・研究を積み重ね、それが和歌史の多くを覆うまでに至りゆき、現在の和歌史研究・表現研究の基盤を作り、近代の国文学研究を基底から躍進させる仕事を成し遂げたのである。

（1） 紅野敏郎「「近代作家論」小感」（『短歌』第十四巻第七号、一九六七年七月）。

（2） もっとも当時は、現在と異なって、先行研究を精密にあげることはさほど厳しく意識化されてはいないようであり、むしろ緩やかな意識のものの方が多いとみられる。

主要参考文献

（本書で参看した主要な文献等を掲げる。空穂の著作の本文は原則として『窪田空穂全集』に拠った。空穂の著作の詳細については『窪田空穂全集』別冊所収「窪田空穂全著作解題」参照）

【空穂の著作全般】
『窪田空穂全集』全二十八巻・別冊（角川書店、一九六五〜六八年）
『亡妻の記』（角川学芸出版、二〇〇五年）

【文庫に編集されたもの】
『日本の詩歌11　釈迢空　会津八一　窪田空穂　土岐善麿』（中公文庫、一九七六年）
『窪田空穂随筆集』（大岡信編、岩波文庫、一九九八年）
『わが文学体験』（岩波文庫、一九九九年）
『窪田空穂歌集』（大岡信編、岩波文庫、二〇〇〇年）
『窪田空穂歌文集』（講談社文芸文庫、二〇〇五年）

【『窪田空穂全集』になく、本書で言及した古典の評釈・訳注】

『新古今和歌集評釈』上下(東京堂、一九三二～三三年)
『現代語訳源氏物語』上(「現代語訳国文学全集」第四巻、非凡閣、一九三六年)
『現代語訳源氏物語』一―八(改造文庫、一九三九～四三年)
『源氏物語』(春秋社、一九五六年、普及新版、一九六二年)
『和泉式部集　小野小町集』(日本古典全書、朝日新聞社、一九五八年)

【空穂に関する主要研究文献】

『窪田空穂全集』全二十八巻・別冊、「解題」及び「月報」
窪田章一郎『窪田空穂』(シリーズ近代短歌・人と作品5、桜楓社、一九六七年)
窪田章一郎『窪田空穂』(短歌シリーズ・人と作品5、桜楓社、一九八〇年)
大岡信『窪田空穂論』(岩波書店、一九八七年)
松野陽一『鳥帚――千載集時代和歌の研究』(風間書房、一九九五年)
橋本達雄『万葉集の時空』(笠間書院、二〇〇〇年)
『藤平春男著作集』第五巻(笠間書院、二〇〇三年)
武川忠一『窪田空穂研究』(雁書館、二〇〇六年)
臼井和恵『窪田空穂の身の上相談』(角川学芸出版、二〇〇六年)
窪田空穂記念館編『窪田空穂――人と文学』(柊書房、二〇〇七年)
岩田正『窪田空穂論』(角川学芸出版、二〇〇七年)

西村真一『窪田空穂論』（短歌新聞社、二〇〇八年）
来嶋靖生『窪田空穂とその周辺』（柊書房、二〇一五年）
太田登ほか校注『まひる野／雲鳥／太虚集』（和歌文学大系79、明治書院、二〇一七年）
内藤明『万葉集の古代と近代』（現代短歌社、二〇二一年）

＊

早稲田大学第一・第二文学部編『早稲田大学文学部百年史』藤平春男「第二章第二節1」（早稲田大学第一・第二文学部刊行、一九九二年）
早稲田大学史資料センター編『早稲田大学学術研究史』（早稲田大学、二〇〇四年）
冷水茂太『大日本歌人協会』（短歌新聞社、一九六五年）
三枝昂之『昭和短歌の精神史』（角川ソフィア文庫、二〇一二年）

【雑誌の空穂特集】（空穂の古典研究に関わる論を含むもの）

『餘情』第六輯特集号「窪田空穂研究」（千日書房、一九四八年二月）
『国文学研究』第九・十輯「窪田空穂先生喜寿記念論集」ⅠⅡ（早稲田大学国文学会、一九五四年三月）
→『窪田空穂先生喜寿記念論集　日本文学論攷』（早稲田大学国文学会、一九五四年、単行本として刊行）
『信濃教育』第一一二八号「特集　窪田空穂」（信濃教育会、一九八〇年十一月）
『短歌』第十四巻第七号「窪田空穂追悼特集」（角川書店、一九六七年七月）
『国文学研究』第三十七集「特集　窪田空穂研究」（早稲田大学国文学会、一九六八年三月）
『短歌現代』第十六巻第十号「特集　空穂の歌集研究」（短歌新聞社、一九九二年十月）

『短歌』第六十四巻第六号「大特集　いまこそ空穂」(角川文化振興財団、二〇一七年六月)

【主要論文】(空穂の古典研究などに関わるもの)

上野理「「古今和歌集評釈」の方法」(『短歌』第十四巻第七号、一九六七年七月)
藤平春男「新古今和歌集評釈について」(同)
岡一男「先生と古典学」(同)
紅野敏郎「「近代作家論」小感」(同)
山路平四郎「空穂の出発点と古典研究」(『国文学研究』第三十七集、一九六八年三月)
橋本達雄「空穂の万葉学——その性格と方法について」(同)
上野理「窪田空穂の古今集研究」(同)
今井卓爾「空穂の伊勢物語研究」(同)
鷲見寿久「窪田空穂と源氏物語」(同)
村井順「空穂の枕草子研究」(同)
榎本隆司「空穂随筆への一視点」(同)
青柳恵介「窪田空穂「新古今和歌集評釋」における本歌取の問題」(『成城文芸』九十六、一九八一年三月)
佐佐木幸綱「窪田空穂の古典研究——その基本姿勢について」(『国文学研究』第八十一集、一九八三年十月)
大岡信「窪田空穂論」(『短歌現代』第十六巻第十号、一九九二年十月)
藤平春男「窪田空穂の和歌史研究と歌論」(同)
窪田章一郎「窪田空穂と古典」(同)

西村真一「太田水穂と窪田空穂」(『和歌文学講座9　近代の短歌』勉誠社、一九九四年)
内藤明「窪田空穂における万葉集研究の出発――『万葉新釈』から『万葉集選』へ」(『早稲田人文自然科学研究』五十二、一九九七年十月)
松野陽一「老いの艶――俊成と空穂」(『わせだ国文ニュース』第八十五号、二〇〇六年十一月)
田渕句美子「窪田空穂による『源氏物語』の和歌注釈――与謝野晶子との対照性」(『和歌史の中世から近世へ』花鳥社、二〇二〇年)

図版出典一覧

図1　窪田空穂肖像写真（『国文学研究』第九・十輯、早稲田大学国文学会、一九五四年三月）
図2　窪田空穂の生家（松本市立博物館分館窪田空穂記念館提供）
図3　『まひる野』（鹿鳴社、一九〇五年）
図4　『皇族画報』（東京社、一九一四年一月）
図5　『少国民版　愛国百人一首』（開発社、一九四三年）
図6　『大東亜戦争歌集　将兵篇』（天理時報社、一九四三年）
図7　『明闇』（青磁社、一九四五年）
図8　窪田空穂記念館（松本市立博物館分館窪田空穂記念館提供）
図9　大岡信（相澤實氏撮影）
図10　早稲田大学図書館蔵『古今和歌集評釈』原稿63・64（早稲田大学図書館特別資料室・貴重書庫提供）
図11　早稲田大学図書館蔵『古今和歌集評釈』原稿713・714（早稲田大学図書館特別資料室・貴重書庫提供）
図12　早稲田大学図書館蔵『新古今和歌集評釈』原稿1・2（早稲田大学図書館特別資料室・貴重書庫提供）
図13　百花文庫『和泉式部』（創元社、一九四七年）

後記

「註釋は、最初のものであつて、同時に最後のものである。誰にでも出來るものであつて、同時に誰にも出來ないものである」と、空穂は昭和七年の『新古今和歌集評釈』上巻の「序」の最後で述べている。よく耳にする言葉であり、空穂が最初であるのかどうかも定かではない。けれどもこの言葉ほど、空穂の国文学への姿勢と貢献をあらわしているものはないような気がする。

空穂の「評釈」を読んでつくづく驚嘆するのは、今日のようなデータベースや電子テキストもない時代に、よくぞここまで深く正確な、そして大量の注釈を、一人でやり遂げたということだ。『国歌大観』(旧版)はこの頃既に刊行されていたが、空穂がそれを使っていたかどうかはわからない。空穂がその自宅で――それは文京区目白台の静かな住宅街に「窪田空穂終焉の地」として残されていて、大きな槻の木がそびえている――、原稿を書く机の上にはいつも数冊の本だけがあり、来客の時はその本と原稿を横に片付けて、その机で客と向かい合ったということだから、『国歌大観』はそこにはなかったかもしれない。それに、私達が今するように、過去の和歌の用例を洗い出して、歌ことばを把握していたようには思えない。空穂は驚異的な記憶力の持ち主であったと、多くの人が語っている。おそらく、長年にわたって古典和歌・古典文学を読み進めながら、その本質的な部分も細部も、身体にそのまま吸収してしまっていたのではないかと想像する。

数年前に「近代の「国文学」を作った一人としての空穂について書きませんか」という依頼を頂いた時、最初は私にできるだろうかと思い、迷った。けれどもせっかくの機会だからやってみようと思ってお引き受けし、始めてみたら、知らないことばかりで時間はかかったものの、とても面白く、次々に新たな扉が開かれるようで、充実した時間を味わった。それは、空穂の業績はもちろんのこと、人間的魅力にもよるのだろう。空穂は実に多くの人に敬愛された。空穂のさまざまな研究や注釈、短歌、随筆や小説などを読んでいくと、以前は『古今和歌集評釈』『新古今和歌集評釈』に書かれた注釈のことばしか知らなかったが、次第に、まるで私も空穂と対話しているような気持ちになった。空穂の短歌を敬慕する現代の歌人たちも、そのような感を抱くことがあるのかもしれない。

空穂は長命であったし、最晩年まで猛烈なスピードで幅広く仕事をする人だったから、残されている著作は厖大にある。その全部を網羅することはとてもできなかったが、それでも、ある程度は目を通すことができたのは、『窪田空穂全集』全二十八巻・別冊(角川書店)のおかげである。また、窪田章一郎をはじめとする研究者・歌人による空穂の研究・評伝が多くあり、空穂に導いてくれた。こうした書物以外にも、人々が空穂について語っている文章・エッセイなどが多く残されていて、空穂の風貌が浮かび上がってきた。けれども空穂に直接会ったこともない私には、勝手な解釈も多くあるだろう。それはお詫びしておきたい。

「近代「国文学」の肖像」の国文学者たちの中で、空穂がやや特異なのは、さまざまな経歴・職歴があり、色々な顔があったということだろう。歌人、小説家、随筆家、文芸誌編集者、学校教師、新聞の社会部記者、新聞の「身の上相談」担当記者、婦人雑誌編集者などである。本書では、そのような空穂の軌跡や営為も、空穂の国文学研究にどこか繋がっているように思えたので、できる限り掬い上げるように努めた。そしてそれはとても興味深いことだった。私は歌人の評伝を書くのが好きなのだが、残された資料からその人物像や業績を探っていくという方法は、その歌人が生きた時代が中世でも近代でもさほど変わらないようにも感じた。

新型コロナウイルスが世界を覆い始めた二〇二〇年春、神保町の街を歩いても殆どの書店が閉じて、真っ暗だった。空穂が、戦前戦中の重苦しい雰囲気について、言葉少なに語っていることなどが思い出された。大学の図書館も結局長期休館に至ったが、休館になる直前、音もなく人の姿もない地下の書庫で、この本のために、開戦前夜に編まれた『新万葉集』などを読んでいた時には、まるでその戦争直前の時空に自分がいるように感じた。そして一年後の今も、まだ暗い影は続いている。これから世界はどのようになっていくのか、コロナ後の日本は、そして文学研究はどのように変貌するのか、不安と迷いが尽きない。けれども空穂は、より大きな不安に覆われたあの時代の中で、自分が取り組むべきことを見定め、ただ淡々と多くの評釈と研究を積み上げていった。考えてみれば、藤原俊成も定家もそうだったし、彼らの研究に取り組んだ人々の多くもそうだった。空穂の上に、歌人たちや研究者たちが重なりあって見えるような気がする。

図版の掲載については、早稲田大学図書館と窪田空穂記念館にご高配をいただいた。記して深謝申し上げる。

二〇二一年四月

田渕句美子

田渕句美子
1957年生まれ.
1991年お茶の水女子大学大学院人間文化研究科博士課程退学.
大阪国際女子大学助教授，国文学研究資料館助教授，同教授を経て，現在，早稲田大学 教育・総合科学学術院教授.
著書 『中世初期歌人の研究』(笠間書院，2001年)
『十六夜日記白描淡彩絵入写本・阿仏の文』(勉誠出版，2009年)
『阿仏尼』(人物叢書，吉川弘文館，2009年)
『新古今集 後鳥羽院と定家の時代』(角川選書，2014年)
『異端の皇女と女房歌人――式子内親王たちの新古今集』(角川選書，2014年)
『源氏物語とポエジー』(共編著，青簡舎，2015年)
『民部卿典侍集・土御門院女房全釈』(共著，風間書房，2016年)
『女房文学史論――王朝から中世へ』(岩波書店，2019年)ほか

近代「国文学」の肖像　第4巻
窪田空穂「評釈」の可能性

2021年6月16日　第1刷発行

著　者　田渕句美子《たぶちくみこ》

発行者　坂本政謙

発行所　株式会社 岩波書店
〒101-8002 東京都千代田区一ツ橋2-5-5
電話案内 03-5210-4000
https://www.iwanami.co.jp/

印刷・精興社　製本・松岳社

ISBN 978-4-00-026979-7　Printed in Japan

近代「国文学」の肖像

全5巻

安藤 宏／鈴木健一／高田祐彦 編

A5判　168頁

第1巻　芳 賀 矢 一　佐々木孝浩 著
「国文学」の誕生

第2巻　藤岡作太郎　陣 野 英 則 著
「文明史」の構想

第3巻　佐佐木信綱　鈴 木 健 一 著　定価3300円
本文の構築

第4巻　窪 田 空 穂　田渕句美子 著　定価3630円
「評釈」の可能性

第5巻　高木市之助　高 田 祐 彦 著　定価3630円
文藝論の探求